役職定年

荒木 源

角川文庫
23807

1

午前七時十分。社員食堂は無人、少なくともそれに近い状態であるべきだった。

七時からの勤務が認められており、食堂は休憩所としても位置付けられているから同時に開放されるものの、食事の提供などはもちろんまだだ。

ところが。

エレベーターを降りて入口までやってきた加納英司《かのうえいじ》の足が止まった。

これか――。

二百人近く入るスペースだが、申し合わせたようにみな奥のほうに席をとっている。といってぎゅうぎゅうに集まるわけでもなく、二、三人のグループがある程度だ。全部で十五人くらいか。

加納が中に入ると、気づいた者たちがいぶかしそうな、そして迷惑そうな表情を見せた。

構わず近づく。向こうは慌てたように、それぞれ手にしていた雑誌や新聞、スマホに視線を戻し、もう目を合わせようとはしなかった。

誰のそばに行っても反応は似たり寄ったりだ。　時間を潰すもののほか、持ち込んだのだろう飲食物をテーブルに広げている。

外見だけで確かなことは言えないけれど、おそらく全員五十代以上。　ほとんどが男性。　もっとも、その年代の社員の構成比通りでもあるだろう。

さらに進むと、いくつか先のテーブルから、荷物をまとめた男がそっと立ち上がった。　背中を向けて遠ざかってゆく。　後ろ姿に見覚えがあった。　奥地文則、人事課のシニアだ。

テーブルを回り終わった加納も無言のまま食堂を出た、ほっとした空気が伝わってきた。　エレベーターホールに奥地はもういなかった。　階段を駆け下りているのかもしれない。

朝日を浴びて輝く大手町のビル群を大きな窓から眺めながら、加納は、自分に与えられた仕事に思いを巡らせた。

昨日、出社初日の加納は、挨拶に行った常務の三枝義信から、耳慣れぬ言葉を聞いたのだった。

「妖精さん?」

応接セットの向かいで三枝はこくりとうなずいた。

「朝早く社食に行けば見られますよ。フレックスを目いっぱい使って、タイムカードを押したらすぐやってくるんです。ほかの社員が出社してくる九時ごろには職場に戻るが、しょっちゅう席を離れてどこかぶらついている。三時には退社。なかなか姿を見られないから『妖精さん』というわけです」

「はあ」

「仕事など何もしていません。言葉は悪いが、給料泥棒です」

紺の三《み》つ揃《ぞろ》いを几帳面《きちょうめん》に着こなした三枝は悲しそうに首を振った。

「そういうシニア社員の人件費を本当は——例えば、海外での拠点整備に充てたいところです。国内市場の拡大が見込めない中で、これからの生保には最重要ポイントですから。あるいは業務のデジタル化。ＡＩも取り入れていかないと。まったなしですが、資金がいくらあっても足りません」

「ふうむ」

「加納さんに、彼らを何とかしていただきたいと思っています。速やかに」

「なるほど」

そう応じたものの、加納には戸惑いもあった。

年度替わりに合わせる恰好《かっこう》で、外資系のクレジットカード会社から転職した。

新卒で入ったのは証券会社だったが、どちらでも多くの期間を人事畑で過ごした。

いわば金融系人事のエキスパートとしてキャリアを積んだところで、大手生保の一つに数えられる永和《えいわ》生命が、構造改革推進室長という肩書を用意して迎えてくれたのだ。

新設された部署で当面は部屋も人事課と一緒だけれど、自由に腕を振るってもらえばいいという、まだ四十二の年齢を考えれば破格の話だった。

ただ、シニア対策をメインで担当するとは聞かされていなかった。加納がやりたかったのは、近年どの業種でも重要性が高まっている男女共同参画とか、残業の削減といった仕事だ。面接でも主にそういう話をして採用されたから、関わらせてもらえると思っていた。

「もちろんいずれはやっていただきますよ。妖精さんたちを絶滅させたら」

「絶滅――ですか？」

温厚そうな三枝の口から出た穏やかならぬ言葉にぎょっとして、加納は訊《き》き返した。

「人件費の問題は大きいと思いますが、生涯現役がうたわれる時代です。政府も定年のさらなる延長を目指してるわけじゃないですか。いずれは六十五歳定年、いや七十歳ということになってくるのでは」

「だからこそです」

静かな、しかし断固たる口調で三枝は言った。白い指を顔の前で組み合わせて続ける。

「しがみついてもいいことはないと分かってもらうんです。でないと会社はとことん食い物にされてしまいます」

「能力開発によって、生産性が上がれば妖精さんじゃなくなりますよね」

「能力開発ですか」

苦笑が唇の端に浮かんだ。

「彼らに開発できるような能力が残っているとは残念ながら思えないのです。時間と労力の無駄でしょう」

そこまで言われたら加納は黙るしかない。人事担当役員でもある三枝は、加納を採用してくれた恩人だ。

「辞めてもらうしかありません。加納さんに期待しています。まさに当社の将来をゆだねるつもりなんです」

「分かりました。こちらこそ、よろしくお願いします」

加納は頭を下げた。

食堂から構造改革推進室、というか人事課の部屋へ戻ると、奥地がパソコンに向かっていた。

六十二歳とのことなので、二年前に定年を迎えている。希望すれば再雇用され六十五歳まで働ける制度を利用しているわけだ。

若いころから人事、総務畑中心に歩いてきて総務部の次長までやったように聞いた。そこそこのエリートだったと言えるだろう。

やや小柄という以外特徴のない体形、白いものが半分くらい交じった七・三分けの頭。スーツは安物ではなさそうだが、形が古臭いため、トータルの印象が年齢以上に老けて感じられる。

「おはようございます」

食堂で見たとは言わずに声をかけると、黙って目礼だけ返してきた。しかし手が動いていない。画面をにらみ、いくつかキーを叩《たた》くものの、すぐまた固まってしまう。首を左右に傾け、腕組みをする。

加納は立ち上がってそばへ行った。ワードの画面には①②、と項目の番号が振ってあるほか何も書かれていない。

わざとらしく「うーん」と唸《うな》ってみせた奥地は、「査定基準の見直し案を出すことになってるんだけど、切り口が難しいなあ」と独り言めかした説明を始めた。

「その話は聞いてませんでした。いつ見直すんですか」

「いや、時期まではっきり決まってるわけじゃないんだ」

「狙いは何でしょう。成果主義の強化、なんて今更ですよね。トレンドからいえばやっぱり透明性を高めるのがポイントになりますか」

奥地はぎこちない笑みを浮かべた。

「何ってことはないらしいよ。全般的に、気がついたことを言ってくれみたいな話だったから」

査定基準の見直しが本当に計画されているか怪しい。深追いはしないことにした。加納には勉強することがたくさんある。人事の基本はまず組織とその構成員をよく知ることだ。

「資料を社内データベースから引っ張れると聞いたんですが、どうするんですかね」

ひと息ついていた奥地がもじもじし始めた。

「まだ教えてもらってなくて」

重ねて頼むと、おっかなびっくり加納のパソコンを操作し、社内データベースのトップ画面までは何とかたどり着いた。

「ええと」

自席に戻って引き出しを探り、持ってきた紙切れを片手にアルファベットと数字を打ち込んだがはねられてしまう。

「おかしいな。前はこれでいけたと思ったがな」

「あまり使わないんですか」

「いや——そんなことはないよ。しょっちゅうやってるさ、もちろん」

「パスワードが変わったんですかねえ」

結局、新たに探してきた別の紙に書いてあったのが正しいパスワードだった。

ログインできたものの、奥地は何のデータがどこに入っているのか分からない。

「ここも——違うか」

傍《はた》から加納が見ても間違った方向に進んでいるのが感じられる。奥地は焦りを深めながら、未練がましく「おかしいな」を繰り返す。

「しょうがないですね。そのうち分かる人が来るでしょう」

ぐったりしている奥地に加納は「それにしても、ずいぶんお早いんですね」と言ってみた。

「年寄りだからね、早く目が醒《さ》めてしまうんだよ」

「毎日これくらいに来られるんですか」

「毎日ってことはないよ。週一、二——いやもうちょっとかもしれないが」

曖昧《あいまい》に答えてから「加納君こそ、どうして」と質《ただ》してきた。牽制《けんせい》するつもりなのだろう。

「みなさんの状況をできる限り幅広く、実地に拝見するところから私の仕事が始まると思っていますので」

にこやかに返すと、奥地は口の中で聞き取れない言葉をつぶやいた。自分の席に戻ってしばらくはさっきの続きを考えるポーズをとっていたが、耐えきれなくなったように席を離れて部屋を出た。

前日は加納自身、挨拶《あいさつ》回りなどで部屋にいないことが多かったため知らなかったが、ずっとこんな調子なのか。

奥地が戻ったのは二十分近く経ってからだ。ドアを開け閉めするにも、歩くにも気配を消そうとしている。

もはや構うのも馬鹿馬鹿しく、加納は気づかないふりで、メールのチェックなど、できる作業を進めながら早く別の誰かが来てほしいと願った。

八時半になると、おあつらえ向きに池端美紀《いけはたみき》が姿を見せた。

池端は今のところ一人しかいない構造改革推進室員だ。正社員ではなく、派遣会社から来ている。

おいおい増強するから我慢してくれと三枝に言われた。もとより加納は贅沢《ぜいたく》の言える立場ではない。

さっき奥地に尋ねたデータへのアクセスを、池端はあっと言う間に実演してくれた。

「奥地さんにも教えてあげてください。忘れちゃったみたいだから」

奥地の表情が硬くなったのは予想通りだが、池端まで戸惑うふうで加納ははじめ理由が分からなかった。

「奥地さんにですか？」

「必要でしょう。人事――いや永和の人ならみんな」

加納が答えると、池端は苦い薬を飲み込んだような顔で奥地の席に向かい、説明を始めた。抑揚のない説明のあいだに、これまた機械が発しているような奥地の相槌《あいづち》がはさまった。

少しあとで加納がトイレに立った時、池端がついて廊下に出てきた。

「室長」

硬い調子で呼び止められて、加納は振り返った。

「名前でいいですよ」

「では加納さんと呼ばせていただきます――」

自分から声をかけてきたくせに、一瞬ためらうみたいな表情を見せてから池端が言った。

「奥地さんにパソコンのことお教えするのは難しいです」

「あの人が苦手にしてるらしいのは分かるよ」

加納は、池端と自分、両方に言い聞かせるつもりで言った。

「大変だろうけれど、丁寧に教えたらちょっとずつでも慣れてもらえるでしょう。理解力がないわけじゃないだろうし」

「理解しようというお気持ちを持ってらっしゃらないように思えます。前は奥地さんにどうにかして仕事してもらおうっていうのがあったんですけど、このごろはみなさん諦《あきら》めて、頼むのをやめてます」

一気に言うと、ぺこりと頭を下げて踵《きびす》を返した。廊下に残された加納は、トイレのために出てきたのも忘れて、後ろ姿を見送った。

2

各部署から情報を集めて、加納英司は永和生命に棲息《せいそく》する妖精《ようせい》さんたちの全体像をつかんでいった。

中枢の中枢といえる経営企画など、ごく一部を除いてどの部署も役職のないシニアを抱える。そのほとんどが妖精さんだ。妖精さんは社内のいたるところに巣くっていた。

妖精さんにはまず、ITリテラシーをはじめ、今の世の中で必要なスキルが欠けている。身につけようという意欲もない。だから何もやらせられない。あるいは何もしたくないから身につけようとしないのか。

生産性の低さそのものに劣らず、周囲に与える影響が深刻だ。当然ながら、仕事に追われる同僚は妖精さんにいい感情を持っていない。

「昔次長だったとか、関係ないと思います」

池端美紀はおずおずとつぶやいた。

「正直、いらっしゃっても邪魔なだけです。ご本人も自覚してらっしゃるから、出歩かれるのかもしれないですけど、だったら会社をお辞めになるべきですよね」

「やっぱりそうなっちゃうか」

「奥地さんが人員として数えられるってことは、実質一減ですから」

うーんと加納は腕を組む。

それでいて奥地文則の年収は五百万円近い。定年前の半分以下、五十五歳に設定されている役職定年の前と比べればざっと三分の一だが、もっと安い給料でばりばり働く若手もいる。

特に——。

向かいで几帳面《きちょうめん》にパスタをフォークに巻きつけている池端の表情を加納は窺《うかが》った。本人がそういう話をしないし、派遣元からいくら貰《もら》っているかはっきり分からないが、二百万円台ではないか。

楽ではないだろう。人事課にいる同じくらいの年頃の正社員が誘い合わせてランチに行っても、池端はいつも弁当だ。今日は前もって約束して連れ出した。もちろん奢《おご》るのだけれど、彼女が選んだのは一番安いセットだった。

まだ数日一緒に働いただけだが、何を頼んでもさっとやってくれる。永和の人事に来てすでに丸三年ということで、業務には並みの正社員以上に詳しい。

廊下に加納を追いかけてきた時の、思いつめた雰囲気が思い出された。伝えずにいられなかったのだろう。

「不公平は、よくないよね」

「自分のせいなんですけど」

問わず語りに、池端は自分の就活について話した。広告業界を志望してエントリーも代理店に絞ったのだが全滅、慌てて手を広げるも間に合わず、派遣会社しか行き先がなかったらしい。

「今の池端さんを見てると能力は相当高いと思うよ。留年して頑張ったら志望がかなったかもしれないね」

「――金銭的な事情がありまして」

池端はそれだけ答えた。突っ込むところではないだろう。

加納も就職氷河期と呼ばれた時代に社会に出るめぐり合わせだった。池端と違ってなりたいものとて特になく、手当たり次第に受けたのが幸いしたか、小さいながら正社員で雇ってくれる会社があり、少しずつステップアップしてここまで来た。

「池端さんは若いから。まだまだ変われるよ」

気休めに聞こえないよう注意したつもりだけれど、簡単でないのは分かっている。本人が誰より身にしみているはずだ。

一からキャリアをスタートさせるとなると、二十八で早いとはとてもいえない。池端の微笑が投げやりに見えたのは心なしだったろうか。

「与えられた仕事を一生懸命やるだけです」

「期待してるよ」

恵まれた者に対する怒りも、今度のプロジェクトを進める原動力になるはずだ。

確かに妖精さんたちは何とかしなければならない。

このままでは組織がぎくしゃくし、活力を失うだろう。大企業だって内側から錆《さび》が広がれば、気がついた時は手遅れだったとなりかねない。

けれども、三枝義信の「絶滅させる」とのもの言いには、なお抵抗を感じた。

この世のものでないような呼び方をしているが、妖精さんとて人間だ。それなりの扱いをすべきだろう。まして長く永和に籍を置く者には、今はともあれ、会社の屋台骨を支えてくれた恩ある存在ではないか。

今になって加納は、自分が永和に採用された理由として、首切りにドライな外資にいたことがあったかもと思い始めていた。

確かにクレジットカード会社では、成績の上がらないスタッフに対して普通に、辞めてほしいと話をした。

しかしそういう会社の場合、勤めるほうも初めからそういうつもりで就職しているから悲壮感はない。必要とされないならしょうがないと割り切り、需要がある新たな職場を探すだけだ。

また加納は、これまでの勤め先で、働かないシニアと関わったことがなかった。いたかどうかさえよく分からない。

外資だと、そもそも五十代以上が役員を除けば極端に珍しい。妖精さんなど、もしいたって、それこそあっという間に追い出されて目に留まる暇がなかっただろう。

証券会社は一定数のシニアを抱えていたが、働いてくれるとかくれないとか、少なくとも人事のテーマにならなかったと思う。

このごろほど高齢化が進んでいなかったろうから人数は控えめだったにしても、全員にあてがう役職があったはずはない。

シニアたちが残らず、ばりばり仕事をしていたとも考えにくい。実際「窓際」という言葉はよく使われていた。いや、管理職だって、ぐうたら禄《ろく》だけ食《は》んでいるのが結構多かった気がする。そんなものだとみなのみ込んでいたのだ。

時とともに企業の生き残り競争が厳しくなり、許されていた無駄も排除しなくてはならなくなった。ひしひし感じることだ。だとしても、人生の先輩をゴキブリみたいに扱っていいのか。

妖精さんたちだって、自らのあり方をよしとしているわけではないだろう。向上心を刺激すればやる気になってくれるはずだ。

能力が残っているとは思えないと三枝は言ったが、若者並みにＩＴを使いこなすまで望んでいるわけではない。必要最小限さえ押さえてくれれば、経験を活《い》かす道も見える――。

だから加納はまず、指示に逆らう恰好《かっこう》になるのは承知で、妖精さんたちを戦力にする可能性を探ったのだった。

最初に検討したのは研修だ。もっとも、研修は人事部の行事になり、推進室だけで進められない。

人事部長はほとんどお飾りで、大事なことはほとんど三枝と人事課長の山瀬《やませ》忠浩《ただひろ》のラインで決まっているらしいと加納も理解しはじめていた。その山瀬がまず立ちはだかった。

「辞めさせるしかないって、常務に言われてるだろ？」

山瀬は、スマート、怜悧《れいり》といった人事のイメージから外見的にはやや遠い五分刈りの大男だが、肩をすぼめて首を振った。

「ですけど、うまくいけば儲《もう》けものですし、妖精《ようせい》さんたちにも喜んでもらえるんじゃないかと」

「みんなが万々歳ってか。確かに理想だ。しかし世の中、そううまくはいかないもんだよ」

「うまくいくかいかないか、試してみる価値はあると思います」

「試せることはもうあらかた試した」

山瀬はそれまで、加納のやっていることにまったく干渉してこなかった。部署として独立しているとはいえ、同じ部屋で席も隣り合わせなのだから、すでに研修などやっていたなら教えてほしかった。一方で、手掛ける人間が違えば結果は違ってくるとも思った。

「どんなことをなさったんです？」

「考えられる限り、に近いよ」

山瀬が挙げたのは研修だけでもIT、経済動向から若い世代との接し方まで、片手に余った。

「参加してもらうところから大変だ。妖精さんたち、さぼりようがないとなると病気にだってなっちゃうから」

食い下がろうとするのに先に釘《くぎ》を刺し、さらに山瀬は念を押した。

「常務はスピード感を優先させたいわけだろ。予算もかかるし。絶対通してくれないよ」

選択肢は与えられていないらしい。

それでも加納は諦《あきら》めなかった。意地にもなった。とりあえず手近な奥地を何とかできないか。

池端に頼むわけにいかない。彼女も、口にこそ出さないが加納の方針に反対なのは明らかだ。だから自分でやってみた。

「どうです。慣れるとデータベースは便利でしょう」

例によって席にいないことが多い奥地に、チャンスを捉《とら》えてさりげなく声をかける。

「え？　ああ、ああ」

案の定のおとぼけだ。しかも加納に慣れたせいか、焦った様子が前より薄れた気がする。

奥地だって特命のことは分かっているだろうに。見くびられたか。

「やっぱり難しくてねえ」

「それほどじゃないですよ。私はできるようになりましたよ」

「加納君はまだ若いからねえ」

苛《いら》つかないよう、丁寧にと胸のうちで念仏のように唱えつつ、このあいだ池端が教えたはずのことを一から繰り返す。

しかし状況は変えられなかった。理解しようとする意志を奥地の表情に見出《みいだ》すのは、ラッシュの通勤電車で席を探すようなものだ。

身につけたかったらメモくらい取るだろう。話を聴く気すらない。お義理で座っているだけで、早くこの時間が終わることしか願っていない。

「ちょっと休憩させてくれるかな」

我慢の限界というふうにつぶやいて奥地が立ちあがった。

「お戻りになったら続きをやりましょう」

懸命に笑顔を作る。

「また今度にしてもらえるかな」

「しかし」

「いいんだよ。加納君も忙しいだろう？　こんなことに時間を使うなんて勿体《もったい》ないじゃないか」

奥地は小一時間戻ってこなかった。池端が、お分かりになったでしょう？　と言わんばかりに加納を見た。

そんなことが何度か繰り返された。

飲みにも誘ってみた。若者相手にはこのごろ禁じ手になっているけれど、妖精さんなら問題ないだろう。

「再雇用の身だから余裕がなくてね。だから早く帰るようにしてるんだ」

いつもそう言う奥地が、数日後、珍しく五時まで会社にいた。しかし誘いには乗ってこない。

加納は、部屋を出た奥地をこっそりつけた。

会社が入るビルの裏手へ回ってゆく。後に続きかけてはっと身体を引っ込めた。奥地と同年配の男たちが数人たむろしていた。奥地も加わる。

改めて様子を窺《うかが》った。作成中の「妖精さんファイル」で憶《おぼ》えのある顔がいくつか見えた。社食にもいた気がする。

さらに一人を加えて一団は移動し始めた。奥地も普段からは想像できない晴れ晴れとした表情で、談笑しながら歩いてゆく。気が緩んでいるのだろう、周りに注意することもなく、十歩ほどの距離まで近寄っても大丈夫だった。

「加納——だったよな。どうしてんの？」

自分の名前が聞こえて耳をそばだてる。

「熱心だよ。御《おん》自ら俺にパソコン教えようとするんだ」

「笑えるな」

「メールが打てりゃ十分だろうっての」

「エクセルは？　人事だって使うだろ。給料の計算あるもんな」

「紙と電卓でやりゃいいんだ、やるとしたらだけどな」

「算盤《そろばん》じゃないのか？」

「いいねえ。もう見たことない奴が多いかもなあ」

大笑いしながら妖精さんたちは有楽町《ゆうらくちょう》に到着しガード下へ消えた。後で奥地のタイムカードを調べると、三時から五時までは残業扱いになっていた。その間の半分、課にいなかったと思う。

追い出されないで済むよう、自分が一生懸命になっているのに。

気持ちが萎《な》えた。

三枝の言葉が改めて頭の中で響いた。

山瀬、池端もそう思っているのだ。認めるべきかもしれない。五十歳や六十歳で記憶力や認識力がどれくらい衰えるのか分からないが、少なくとも努力する能力はすでに失われているようだ。

悪戦苦闘を見て見ぬふりのようだった山瀬が囁《ささや》いてきたのは翌日だった。タイミングを計っていたのだろう。

「気が済んだんじゃないか」

自分は恰好《かっこう》をつけたかっただけなのかもしれない。切る時は切らなきゃしょうがない。癌みたいなものだ。

加納は「はい」と頭を下げた。

3

退職させる方向へ舵《かじ》を切り、具体的な方策を考えはじめた。

その方面でも、加納英司が来る以前からいくつか手のついていたことはあった。退職金の積み増しとセットになった「希望退職」が何度か募集された。定年より早いほど積み増し額も多くなる。

結果はというと、シニアでも妖精化していない、つまり仕事のできる人、場合によっては有望とされていた若手、中堅までが、永和を上回る条件の会社に移ったり、起業したりするケースばかりだった。つまり妖精さんを辞めさせる目的はほとんど達せられなかった。

しかし、妖精さんたちに的を絞って働きかけると、「希望退職」の募集とは法律的な位置づけが異なる「退職勧奨」になる。外資では一般的でも、パワハラだ、退職の強要だと訴えられるリスクがあって簡単に踏み切れない。

まして一方的にクビにするなど、会社が潰《つぶ》れかかっているなどの場合を除いて認められず、もちろん永和生命は当てはまらない。

とりあえず希望退職募集でいくしかない。

「でも、漫然と繰り返してもこれまでと同じになっちゃいそうですよね」

池端美紀がつぶやく。

もっともな心配だ。募集の告知と別に、五十歳以上の非役職者を対象に、メールでメッセージを送ることにした。

三枝義信に計画を話したら、「文章より、あなたが語りかける動画のほうがインパクトがあるんじゃないですか」と言われた。

「動画ですか？　私が？」

ちょっと戸惑った加納に三枝はさらに主張した。

「ここは責任者が、不退転の意思を見せるべきです。気魄《きはく》で、あの連中を追い込むのです」

「気魄ですか」

確かに、奥地を見ているだけでも妖精《ようせい》さんの面の皮は相当分厚そうだ。生半可では効かないだろう。

「分かりました。ガツンとかましてみます」

まずは原稿作りだ。

〈みなさんは会社に貢献できていますか?〉

池端に見せたら『もちろんです』なんてしれっと答えられちゃいそうな気がします」と言われた。

〈生産性の低い社員を抱えたままでは、会社は競争に負けてしまいます〉

これもダメだ。負けようが勝とうがどうだっていいとなりかねない。妖精さんたちからすれば会社にいるのはせいぜい十年かそこら。後は焼け野原で構わないのだ。良心に訴えても無駄なら、損得勘定だ。辞めたほうがプラスと思わせなければ。

〈みなさんは永和で本当に幸せなのでしょうか〉

お、いけそうだ。出だしはこれだ。

〈社会は日進月歩です。永和生命を取り巻く環境もすさまじい勢いで変化しています。残念ですが、みなさんが長年にわたって積み重ねてこられた経験だけでは、充実した会社員生活を続けることはもはや難しいのです〉

まずまずではなかろうか。

〈もちろん新しいスキル、知識をこれから身につけていただく道もございますが、実際問題としてなかなか難しい事情もうかがわれます。ご無理をなさるより〉

加納の本心としては多少の無理をしてほしい。しかし向こうに気がないわけだから、ことを荒立てず、望む方向に進めるためこういう筋道にする。

〈みなさんによりふさわしく、輝いていただける場をお探しになるべきです。そのような場はたくさんあるはずです〉

言い切っていいのか、ちょっと不安になるのを打ち消した。

永和にいた人間が、そのへんの小さな会社でまったく通用しないわけはないだろう。自営で何か始めてもいい。

何といっても年金が出るんだから、がつがつしないで趣味にでも没頭すればいい。やりたくてもできなかったことに思い切り時間を費やす。羨《うらや》ましい話だ。

〈会社は、みなさんが人生の新しいステージに進まれるのを全力でサポートすると約束いたします。どうか今一度、ご自身の将来をじっくりお考えになるよう願ってやみません〉

キャリアコンサルタントの講演会と転職相談セミナーを付ければ完璧《かんぺき》だ。

人事課長の山瀬忠浩もそこは了承してくれた。

「できたら、希望退職後のモデルになるような方も紹介したいんですが。心当たりありませんか」

「モデルねえ」

山瀬は眉根《まゆね》を寄せた。

過去、希望退職に応じた妖精さんはゼロに近いのである。

成績抜群の営業マンが業界首位のジャパン生命に移ったとか、売れ筋の商品開発に関わってきたマーケターが個人事務所を作ってあちこちと大型契約を結んでいるとかは、妖精さんとあまりに関係なさそうで取り上げられない。

「何とか探してみるよ」

「よろしくお願いします」

待つ間に自分の撮影を始めた。

池端にスマホ用の三脚を買ってきてもらった。会議室を借りてセットしたスマホの前に座り、原稿は見ず、頑張って憶《おぼ》えたセリフをしゃべった。

原稿を書くのと比べてもはるかに難しい。実を言うと加納は、テレビ会議などもあまり好きではない。緊張してすぐ噛《か》んでしまう。

十回以上撮り直した。見返すのがまた恥ずかしいが、ようやく「こんなものかな」と思えるのが出来上がった。

そのころには山瀬が、注文に沿ったOBの連絡先をいくつか渡してくれていた。

一人は不動産管理会社で取締役の肩書を持っていた。永和を辞めたのは五十ちょうど。その時は役付きだったが上へいける展望がなかったようだ。妖精さんにも身近に感じてもらえるだろう。

中野《なかの》にある会社は、もちろん永和と比べようもないが自社ビルだった。

取締役も、老け込みなど感じさせない精力的な雰囲気で、加納と、その日はカメラマン役の池端を応接室に迎え入れると、「お役に立てて嬉《うれ》しいですよ。何でも訊《き》いてください」と言った。

「こちらではどんなお仕事を」

「マネジメント業務全般、という感じですかね」

「大きな組織で学んだことが活《い》かせるわけですね」

「そうです」

取締役は深くうなずいた。

「永和でやっていたという誇りと自信は、やはり貴重だと思います。実際、幅広い仕事を任せていただいてますよ。現業部隊の統括から総務、人事的なこともやりますし、大局的な経営方針に関しても意見を求められます」

「すごいですね」

加納は、イメージ通りの人がいてくれたと喜んだ。

「やりがいがあるでしょうね」

「もちろん」

胸を張った相手が続ける。

「今の会社では、自分が船を動かしている充実感があります。隅々まで目が届きますし。もちろんその分、責任も重いですがね」

自営業、悠々自適系まで、山瀬は抜かりなかった。

次に会ったのはファイナンシャルプランナーとして独立した人だ。永和時代に支援制度を使って資格を取ったというのも、モデルとして好ましい。

「自分のペースでできるのが何よりですね。お客さんとじっくり向き合いますから、相手のお役に立てていると肌で分かります」

「一人で新しい仕事を始められることに不安はなかったですか」

「そりゃまあ、なかったと言えば嘘になります」

相手は笑った。

「しかし案ずるより産むが易し、ですよ。たいていのことは何とかなるものです。年齢も関係ありません。気持ちの問題。チャレンジ精神ってやつですかね」

那須《なす》へも行った。レンタカーで、指示された道順を進んだ先に現れたのは、いかにも高原の別荘地らしい白いペンキ塗りの、少々古そうだが可愛らしい家だった。前には広い庭、反対側に、何かの苗を綺麗《きれい》に植え付けた菜園がある。

「すてき」

思わず池端が声をあげた。

オーナーは横浜《よこはま》のマンションを引き払って移住したという。インタホン代わりに取り付けられているドアのノッカーを叩《たた》くと、口ひげを蓄えた初老の男が現れた。

「どうですか、田舎暮らしは」

「楽しいですよ」

暖炉のある居間で、何を分かり切ったことをと言わんばかりに男は答えた。

「畑仕事とゴルフ、近所に温泉もありますしね」

「たまりませんね」

「思ってたより忙しいですが。畑だけでもやることはいっぱいあります。種を蒔《ま》くのも植え替えるのも時期を逃しちゃだめだし、無農薬だから油断するとすぐ虫が出る。雑草だらけになる。しかしそれがいいんですよ。自然に従って生きてゆくっていうかね」

編集し終えた動画を持って、加納は勇んで常務室へ向かった。

「素晴らしいものが出来たと思います」

三枝はまず、加納が一人語りしている動画に目を通した。

「これ、ガツンって感じですか？」

言われて加納も、あ、と思わないでもなかった。取りかかった時にはそのつもりで、声、表情ともそこそこ厳《いか》めしいが、次第に教えさとすような、場合によっては懇願っぽい調子にまでなっている。

「遠慮し過ぎじゃないですか。いたたまれなくなるところまで追い込んでいただかないと」

「気分よく会社を卒業してもらえるなら、それがベストだと思います。残ってもいいことはないと、そこははっきり伝えるようにしましたし」

「想像していた以上に甘いんですねえ、あなたは」

「は？」

細いフレームの眼鏡越しに一瞥《いちべつ》され、思わず声を漏らしたが三枝は無反応で、続きを早送りで見た。

「このOBたちは？」

「山瀬課長から推薦していただきました」

「ははあ、そういうことですか」

妙に納得したような三枝は、「まあ必要な手順かもしれません」とつぶやいた。

「やってごらんなさい。思った通りに」

急いで発表した希望退職の募集は、見事なまでに妖精《ようせい》さんたちから無視された。

これまでと同じだった。講演会、セミナーを含め、問い合わせをしてきたのは若手、中堅、現職の部長までいたが、動画のリンクを張ったメールを受け取った者はゼロだった。

ただ、妖精さんたちが動画を見なかったわけでもないようだ。数日後に、こんなビラが社内のあちこちに張り出されたからだ。

動画から切り取った、カメラに向かって話す加納の写真。だがほっぺたに赤い渦巻が書き加えられている。

〈会社を辞めたほうが幸せになれるよ〉

ハートマークを散らしたフキダシに、ギザギザで囲まれた突っ込みが重なる。

〈お前がこなけりゃ幸せだったのだ〉

〈輝ける場、なんて本当にあるならお前がいけばいいのだ〉

〈心配しなくていいのだ。お前がいなくなったって、誰も残念がったりしないのだ〉

ビラなんて二十世紀かと呆《あき》れつつ、加納は荒々しくそれをはぎ取った。

「ひどいです」

池端など涙ぐんでいた。

「一生懸命作ったのに。それにずるい。文句があるなら正々堂々と言うべきです」

確かに甘かった。どこかに残っていた、妖精さんたちへの同情があだになった。もう過ちは繰り返さない。

4

「連中の本性が分かったでしょう」

「身に沁《し》みました」

三枝義信の前で、山瀬忠浩と一緒に頭を下げた。

屈辱的だった。しかし、落ち込むことを忘れさせてくれるくらい腹立ちも強烈だった。

「じゃあどうします？」

三枝に問われて、加納英司は「ＰＩＰで行きます」と即答した。

ＰＥＲＦＯＲＭＡＮＣＥ　ＩＭＰＲＯＶＥＭＥＮＴ　ＰＲＯＧＲＡＭ。業績改善プログラムなどと訳される。従業員に、一定期間で達成すべき目標を示し、上司と一緒に進捗《しんちょく》状況を確認しながら業績の改善を図る。

本来はそういう意味だが、リストラの手法として使われるケースが多い。すなわち業績の悪い従業員にＰＩＰを適用し、目標が達成できないことを理由に退職を勧奨する。場合によっては解雇もある。

クレジットカード会社で何度かやった。ＰＩＰが決まった段階で退職届を出す者がほとんどで、でなくてもすぐに諦《あきら》めた。永和で同じようになるとは思わないが、強いプレッシャーをかけられるし、先の段階へ進む名分が立つ。

「悪くないですね」

三枝がやっと満足そうにうなずいた。

「やってみたかったんですが、ノウハウがないので踏み切れなかった。あなたに来てもらってよかった」

自分だってエキスパートというわけじゃない。言いかかったのを加納はのみ込んだ。必要なスキルだ。身につけなければ。

憎しみさえ向けられる相手が現れたのは、壁を乗り越えるいい機会かもしれない。

「そうおっしゃっていただけてよかったです。必ずご期待に応《こた》えてみせます」

まずは本社に棲息《せいそく》する妖精さんたちを標的にするとその場で決めた。

妖精さんは全国の拠点どこにでもいるのだが、ＰＩＰをきっちり実施するには、少なくとも出だしのうち、加納が直接面倒を見なくてはいけないことが多いだろう。地方まで手が回らない。

また、本社から妖精さんが一掃されれば、情勢を悟って支社の妖精さんたちも自ら去ってくれるのではないかと期待した。

本社の所属長を集めた会議が開かれたのは五月の末だ。

いずれ漏れるだろうが、妖精さんたちへの不意打ち効果を高めるため、テーマはもちろん招集そのものを公にしていない。

三枝と人事部長も出席した。ただ二人がいたのははじめだけだった。

三枝は冒頭の挨拶《あいさつ》に立って、新設の構造改革推進室が、会社の生き残りのため極めて重要な役割を果たす云々《うんぬん》といった話の後、加納を紹介した。

「推進室がこれから進めるプロジェクトについて、室長が説明いたします」

後は外せない別用があったそうで「よろしく頼みましたよ」と、部長を促して出ていった。

所属長たちはほとんどが課長だから加納より格上で、年齢も四十代半ばから後半が中心だ。妖精さん対策の特命を初めて公にすることになるこの場を、一人で仕切るとは思っていなかった。

加納は緊張しながらマイクを握った。

「みなさんの職場の、役職者を除くシニアの方々にＰＩＰを適用します」

参加者たちは顔を見合わせた。永和生命にはＰＩＰの規定もない。その言葉からして知らない者が多そうだ。

生命保険というビジネスは、契約期間が他業種に例がないくらい長いこともあって基本的に安定している。大手かつ老舗《しにせ》の永和は特に保守的な社風と評される。

どっぷり浸《つ》かって階段を上ってきた所属長クラスには、波風立てないのを第一に考える者が多いだろう。妖精さんたちの存在を許す土壌かもしれない。

三枝などはそこに危機感を抱いて、妖精さんの「絶滅」を、改革の一歩と位置付けたのではないか。

用意してきたパワーポイントの資料を使ってPIPの何たるかをざっと説明してから、加納は参加者たちに、それぞれが抱える妖精さんたちに示す「目標」を考えるよう要請した。

当然ながら、職種が違えば仕事内容も違う。現場に詳しくない加納が勝手に設定するのは無理がある。

ただ加納は「手加減のないようお願いします」と強調した。

所属長たちが遠慮を捨てきれず、やさしい課題を出したら困る。妖精さんたちの日頃の態度からして、相当低い目標でもクリアできるとは思いにくいが、万が一にも達成されて、お墨付きを得たつもりになられたらたまらない。

参加者の一人が手を挙げた。

「先般の希望退職募集と、PIPは一連のものと考えていいんでしょうか」

「とおっしゃいますと」

「シニアの退職を促す意図なのかなと」

加納は一瞬迷ったが、はっきりさせるべきだと決心した。逃げの姿勢は所属長たちの腰も引かせてしまうだろう。PIPの実務は、彼らに担ってもらわなければならないのだ。

「その通りです」

会議室にざわめきが広がる中、別の挙手があった。

「加納室長は、妖精《ようせい》さん対策のためによそから引き抜いてこられたと聞いています」

人事の関係者ならみんな知っているが、構造改革推進室に下された特命はこれまで内々のものとして扱われてきた。ある程度広まっていると予想していたものの、隠語に違いない「妖精さん」が相手の口から飛び出したことにびっくりしたのもあって、今度は本当に答えに詰まった。

相手は構わず「大いに活躍していただきたいです」と続けた。

「もちろん、全力で職務に取り組ませてもらいますが」

「できる限り協力いたします。遠慮なんかもうしませんよ。きつく当たりづらいなって気持ちも確かにあったんですが、考えてみたら事なかれ主義ですよね。管理職の役目を果たしていなかったと言われてしょうがない。若い部下のことを本気で考えてやらなくちゃ」

さらに数人が発言を求めた。

「私も同感です」

「何としても妖精さんをウチの課から、いや全社から追い払いたい。絶対に無理な目標にしてやりますよ。安心してください」

暗黙の支持くらいは得られるだろうと読んでいたが、ここまで熱烈に応援されるのは想像外だ。じんと来た。

別の角度から見れば、妖精さんたちの振舞いには保守的な課長たちも黙っていられなくなっているわけだ。

「ありがとうございます。みなさんのお言葉、ありがたく心強いです。百万の援軍を得た気持ちです」

涙声になりそうなのをこらえて加納は言った。

「ＰＩＰ自体はもちろん合法です。しかしやり方がパワハラにあたるとされてしまうことがあるので注意してください。絶対に無理な目標、なんていうのはまずいです」

「あ、そうなんですか」

さっきの発言者が頭を掻《か》くのに、加納は「大丈夫です。私がチェックしますから」と微笑みかけた。

「みなさんは少しキツめくらいの案を出してください。ギリギリの線に調整します。私だって人事のプロですから。いい仕事をしてみせますよ」

満場の拍手が湧いた。一人でそれを受けるのがもったいなく思えた。三枝にいてもらいたかった。当初はアドバイスを無視までした自分だ。三枝がねばり強く導いてくれなかったら、こうはならなかった。

翌日には、妖精さんに設定する目標案が各部署から続々と届き始めた。

営業サポート系の各課は共通で「成績不良営業所の売り上げを一ヵ月で二割増やす」。生命保険会社で顧客と直接接触するのは、基本的に全国に置かれた支社、さらに言えばそのまた出先となる営業所だ。

大まかな方針を立てたり、「生保レディ」などと呼ばれる営業社員の教育システムを作ったりするのが本社の役割で、担当部署の名前にも「サポート」がつく。一課から五課まであるのは、受け持ちの地域と対応している。

当然ながら、営業所には売り上げのいいところもあれば芳しくないところもあり、芳しくないほうのテコ入れには各課とも苦労している。それを妖精さんにやらせるわけだ。

一ヵ月はさすがに短か過ぎると思ったので、そこだけ加納が三ヵ月に延ばした。しかし一ヵ月ごとに進捗《しんちょく》を見て、目標達成がおぼつかない状況なら即、退職勧奨もできる。

判定の時期は毎月末。他の部署も合わせることにした。

商品開発部で、複数の課から「ミーティングに出席して、採用されるアイデアを出す」というのが出てきたのには、笑ってしまうとともに妖精さんを抱える負担の重さを改めて考えさせられた。

一方で、集めた掛け金を増やすのが仕事の運用部各課に、運用成績そのものを問う目標がなかったのは、運不運を言い訳にされないため以前に、危なっかしくて妖精さんにやらせられないからだろう。

代わりに考えられたのが、例えば、世界経済に関するレポートを出させる、だ。英語の文献も相当量読みこなさなくてはならない。しかしそれは、機関投資家に本来求められる能力だ。

お客さまセンターは出勤日当たり二十件の相談・苦情処理を課す。一般的な数字だというが、妖精さんの得意技「社内浮遊」は完全に封じられる。それだけで音を上げそうだ。自社商品の知識さえろくになく、一件一件の時間もかかるだろう。

さてうちはどうしようか。

正確には部下といえないが、奥地文則の分は加納が決めることになった。

「何がいいと思う？」

尋ねると池端美紀は「私なんかが口出しすることじゃ……」と口ごもった。

「遠慮しなくていい。一番奥地さんのことを知ってるでしょう」

池端はしばらく考えて言った。

「やっぱり、パソコンを使えないといけないって分かってもらえるようなのがいいと思います」

あれでいくか。

奥地はこのあいだ妖精さん仲間に、エクセルが使えないのを自慢みたいに話していた。

給与計算は若手の仕事になっていることが多いけれど、逆にいえば人事課員なら誰でもできなければいけない基本スキルだ。

昔なら、背丈ほどもある紙の束を机にドンと積み重ねるという、漫画的な場面になったかもしれない。だが今は、計算の基になるデータからしてすべて電子化されている。

加納は、対象者の名簿だけを、それでも情けのつもりでプリントアウトして奥地に渡した。

「私が?」

「はい、そうです」

笑顔を作ってうなずいてから、ＰＩＰの一環であることを告げる。

「ＰＩＰ?」

オウム返しにする奥地は、やはりその言葉を知らないようだ。所属長たちにも少なくなかったとはいえ、人事マンとして情けなさ過ぎる。

説明すると奥地の顔色は信号機のように赤くなったり青くなったりした。

「君にそんな権限があるのかね」

「人事課長の許可をいただいています。もっといえば会社としての決定です。お望みなら三枝常務に確認してください。ご本人との合意が必要とされるルールは存在しますが、この程度の作業を目標にするのを拒まれるなら、それ自体、解雇の理由になってておかしくないですよね」

奥地はかすれた唸《うな》り声を漏らした。額に脂汗が浮かんでいる。

「とりあえず、見るだけ見てみよう。資料をくれ」

「データベースから引っ張れますよ。このあいだお教えしましたよね。あ、必要ないっておっしゃったんでしたか」

「いや――」

あー気持ちいい。

ふと周りに目をやると、部屋にいる者たちがちらちら視線を向けていた。

あえてパソコンの画面から逸《そ》らさないようにしているのもいる。池端もその一人だけれど、耳を澄ましている気配ははっきり伝わる。

「頑張ってください。データ取ったあとどうするかってのもありますけど。紙と電卓じゃ、さすがに間に合わないんじゃないかな」

向こうもはっとしたようだった。そんな話、加納にしたことがあったかと考えているふうだ。せいぜい悩んだらいい。

途方に暮れてパソコンの前で固まる奥地は、マニュアルをオンラインで検索することすら思いつかないみたいだ。部屋にいるあいだはいつも、仕事と関係ないネットサーフィンばかりしているくせに。

加納は飲み物を買いに部屋を出た。

自販機コーナーは社食と同じフロアだ。その後、朝の様子を見に行かないが、プチ賑《にぎ》わいもおしまいだろう。よその課のPIPにもどんどんゴーサインを出すつもりだから、まったりしている余裕がある妖精《ようせい》さんはいなくなるはずだ。

5

ひょっとしたら、PIPの期限を待たず、すぐいなくなってくれるのではと加納は期待したが、さすがに一日や二日のうちに奥地文則が白旗を掲げる展開にはならなかった。

六月に入ると、また席を離れるようになった。しかし頻度、一回あたりの時間ともこれまでほどではない。ずっと座り続けるのに慣れないものだから、お尻《しり》が痛くなっただけかもしれない。

いずれにしても、打開のメドが立っているようにとても思えなかった。この期に及んでまだ頭を下げてこないのは驚くべきだが、そうなっても受け入れてやるつもりは一切ない。

よその部署も、似たような感じらしかった。

「あとひと押しで落ちそうに思えるんですが」

追い出しにかかっているほうの気持ちがはやるのも同じだ。

「焦る必要はありませんよ」

自分にも言い聞かせるつもりで加納はアドバイスした。

「まだ始まったばかりですし。手順でいったら第一段階に過ぎないんですから。着実に、慎重に進めるのが大切です」

ポカさえしなければ結果は手に入る。一番怖いのはコンプライアンス違反と騒ぎ立てられることだ。

加納としてはプロの誇りをかけて、防御に万全を期しているつもりだ。実行部隊の所属長たちが無理をして、妖精さんたちに反撃のきっかけを与えてしまうのは避けたい。

幸い所属長たちはよく理解してくれた。

「今までずっと我慢してきたんだから、二、三ヵ月、いや半年くらいかかったってどうってことないですよね。そのあいだ、妖精さんがあがいてるのを観察するのも楽しみですし」

そう、妖精は不死ではない。外国のおとぎ話や伝説によく出てくるけれど、寿命はあった気がする。

妖精の命が尽きる様子を何かで読んだ。羽根がもげるんじゃなかったかしらん。髪が抜け、目が落ちくぼみ、若々しさを保っていた肌も一気にしわくちゃになる。

こちらの妖精さんたちもグロテスクな最後を遂げるのか。だとしても自業自得だ。

夕方になった。いつもならとっくに帰っている時間だが、奥地はデスクについて、ぽつぽつキーを打っては全部消去するようなことを繰り返している。

今日も終わった、と思った時だった。

内線電話が鳴った。かけてきたのは、営業サポート一課の課長だ。

「来ましたよ」

「え、まさか」

「そのまさかです」

サポ一にどんな妖精さんがいるか、思い出すのに手間はかからなかった。会ったことこそないが、話に聞く中でもインパクトは屈指だ。

毛利基《もうりはじめ》。まだ再雇用までいっていなかったはずだ。ファイルを見たら五十八歳だった。

何カ所かで支社長をやっている。営業系でも現場中心のキャリアだ。そのころから、本社の指示を無視するなど扱いにくさがあり、なかなか東京に戻れない原因になったようだ。

妖精さん化した今も、毛利を際立たせるのは鼻っ柱の強さだ。

お仲間たちみたいな、おどおどした態度は一切見せない。

フレックスタイムも、早く帰りたい特別の用事がある時以外は使わないし、気がつくといなくなっていたりもほとんどない。年下の同僚たちの目の前で、堂々と好き勝手をやっている。

一番よく見られるのはスポーツ新聞を広げている姿だが、読み物ならましなほうで、プラモデルを作っていたことがあったそうだ。

パソコンを開いたと思ったら囲碁のネット対局。後ろに人が立っても意に介さない。

ヘッドホンをつけて、ドラマや音楽にも耽《ふけ》る。

「音は漏れてねえだろ」

たまりかねて注意した課長を睨《にら》んでうそぶいた。それ以上言うと暴れだしそうで、課長は面倒を恐れてうやむやにした。以後、完全にアンタッチャブルな存在になったという。かなり狂暴な妖精さんらしい。

その毛利が真っ先に音を上げたとは意外だったが、強面《こわもて》タイプのほうが案外、正面きっての攻撃にもろいのかもしれない。手を焼くのを覚悟していただけに、幸先《さいさき》のいい話だった。

「たった今、退職届のことで話をしたいと言ってきましてね」

加納はPIPを始めると同時に、退職届のヒナ型を妖精さんたちにメール添付で送り付けておいた。

〈退職届の書き方が分からない、とおっしゃる方もいらっしゃるのではないかと思い、老婆心ながら一例としてお示しします。参考になさってください〉

そう書き添えたが、本当の趣旨は言うまでもない。動画を慰み物にされたことへの反撃であり、改めての宣戦布告だった。

こちらの毅然《きぜん》たる姿勢に毛利も抵抗は無駄と悟ったのだろう。狙いが的中した。

「お見事でした。しっかりプレッシャーをかけてくださったからですよ」

「いえいえ。私は加納さんの指示通りにやっただけで」

互いをたたえ、喜び合った。

「今、毛利さんは」

「私が戻るのを待ってます。私、まず加納さんに報告しなくちゃと思って部屋から出てきたもんですから」

「じゃ、あまり待たせちゃいけませんね」

「気が変わるってこともないでしょうけれど」

「いや、礼は尽くしてあげましょう。第一号ですし。他の方に気づかれないようにどこかへ連れ出してください」

「分かりました。まあみんな気づいたと思いますがね。私に話したこともまる聞こえでしたから」

　加納はいったん電話を切ったが、首尾を早く聞きたくてデスクから離れず、やりかけだった別の仕事に手がつかないまま、電話にちらちら目をやっていた。

　気持ちが通じたようで、十分もしないうちに呼び出し音が鳴った。間髪を容《い》れずに受話器を取った。

「はい加納です」

　はたしてサポ一課長の声が返ってきたが、様子がおかしい。

「どうしました」

「思ってたのとちょっと話が違いまして」

　加納は息を切らして教えられた応接室に駆け付けた。

ドアを開けると、奥の一人掛けに、禿頭《はげあたま》、身長は低そうだが肩のがっしりした男がふんぞり返っていた。その前でサポ一課長がしゃっちょこばる。

普通なら課長が奥に座りそうなものだが。遠慮して毛利を奥へやったか？　それとも毛利が勝手に自分の席を決めたか。

テーブルの紙コップはどうしたのだろう。それも課長が買ってきたのか。余裕を見せようとしたのが仇《あだ》になったか。

「おう」

加納を見るなり毛利はドスの利いた声を出した。

「お前が加納とかいうあんちゃんか。ビデオに出てた以上に間抜けな顔してんな」

ひるんではならない。言い返さなければ。

「人によって感じ方が違うでしょうから顔については何とも申し上げかねますが、確かに加納です」

「今度の、何だっけ、ピップエレキバーン、みたいなの」

懐かしのコマーシャル集みたいなのを見て親が笑っていたのがかすかな記憶にある口真似をして、毛利は「あれ、お前が考えたのか」と畳みかけた。

「私が発明したわけではありません。誰なのかも残念ながら知りませんけれど、従業員の生産性を高める一手法として多くの企業で取り入れられているのを、永和生命でも始めることにした、それだけです」

「生産性を高めるだあ？」

どんぐりまなこを、飛び出すのではないかと思うくらい見開いて、毛利は加納をねめつけた。

「いい加減なこと言うんじゃねえ。気にいらねえ奴を辞めさせるためだろうが」

「決してそんなつもりはありません」

「舐《な》めんな！」

握りしめた毛利の拳《こぶし》がローテーブルに振り下ろされ、紙コップはコーヒーを撒《ま》き散らしながら倒れた。課長が身体をさらに縮こまらせた。

加納は自分に言い聞かせた。

こういう相手をうまくあしらうのも人事マンの仕事だ。正直、あまり経験したことのない局面だけれど、切り抜けなければ三枝の期待を裏切ってしまう。

特命に失敗したら、採用した意味がなかったとなりかねない。自分が永和から追われるのではないか。

とにかく毛利にペースを握られてはならない。

立たされたままでは、怒られている生徒みたいだ。

「座らせてもらいますよ」

わざと返事を待たず課長の隣に腰を下ろす。

「根拠のない決めつけをされては困ります。私もサポ一の課長さんも、あくまでも毛利さんの能力を引き出したいと願っているのです」

「だったら、退職届の書き方がどうとかは何なんだよ。あれも、送り付けてるのはヒラのロートルだけだよな。分かってんだぞ」

「趣旨はメールでご説明しております。また、対象者が限られていたとしても、問題があるとは考えません。永和で人生の可能性をすりへらす方がいらっしゃるのではないか。それを私どもは心配しているのです。ピー、アイ、ピー」

加納も、顔を突き出し、口をひょっとこみたいに尖《とが》らしたり、大きく開いたりしながら、二度繰り返してやった。

「ピー、アイ、ピーも、気づいていただく一助になれば幸いです。ただし誤解しないでいただきたい。結果的に、一部の方について著しくかつ改善不可能な能力不足というようなものが発見されてしまう可能性はありますが、誰それを辞めさせようなんて、現段階ではこれっぽっちも頭にございません。法律にもとることですし、私どもはコンプライアンスを何より大切にしていますから」

つるつると、口から出まかせではないにしても、本音でないのも認めざるを得ない建前を並べられたことに加納は我ながらびっくりした。

成長と言っていいのか。いやそうに違いない。本音だけでは通用しないと、身体が覚えこんだのだ。

「おしゃべりはそこそこ上手みてえだな」

毛利も認めた。

「お褒めにあずかって光栄です」

息を吹き返したようにサポ一課長もようやく言葉を発した。

「とにかく毛利さん、あなたに因縁をつけられるようなことは一切ないんですから」

引き継いで加納が告げる。

「ほかにおっしゃりたいことがないならおしまいにしましょう。こちらの真意はご理解いただけたと思いますから」

「よーく分かったよ」

しかし毛利は不敵ににやついている。

「何が何でも俺たちを追い出すって、そっちが決意を固めてるのがな。こっちもふんどし締めてかからにゃならねえ」

「どうなさるおつもりなんですか」

「簡単に手の内をさらせるかよ」

まだ抵抗する気か。しかしもうネタはないだろう。どんな文句をつけてこられようと、粛々と反論し黙らせるだけだ。手も足も出なくなったところで大砲を打ち込む。潰《つぶ》しがいがあるというものだ。邪魔者が現れたことにさっきまでは腹を立て、不安にもなっていたが、スムーズ過ぎてはつまらないようにさえ感じてきた。

「結構ですよ。何をなさるつもりか知りませんが、準備が整ったらいつでもお声がけください。お相手いたします。私の連絡先はお分かりですよね」

「ああ。俺以外から言ってくる時もよろしくな」

「PIPのほうもお忘れなく。中断したわけじゃありませんから」

「忘れやしないさ。心配すんなって」

毛利を先に送り出し、課長には今後気をつけるべきことを伝えた。恐れる必要はない。ただ冷静さを失ってはならない。焦って強引になり、向こうに付け込まれるスキを作らなければいいのだ。

「あの人、PIPで設定した目標にはいちゃもんつけてこなかったでしょう」

「確かに」

成績不良営業所の売り上げを三ヵ月で二割増やすというやつだ。毛利には、東北地方のとある営業所が割り当てられたそうだ。

「絶対達成不可能な目標とは言えないはずですから」

しかしい毛利はいまだに、営業所と連絡すらとった気配がないらしい。やり方が思い浮かばないか、身体がついていかないのか。

「体力は十分そうですけどね」

「仕事だけはしたくないってわけでしょう。やっぱり辞めていただくしかありません」

「じっくり構えればいいんだ。つい浮かれて、早合点で電話してしまいましたけど」

「いや、私も気持ちは同じでした」

苦笑する加納に、サポ一課長は「終わったら飲みにいきましょうや。ビールが旨《うま》そうだなあ。楽しみにしてますよ」と言った。握手を交わし、肩をたたき合って別れた。

人事課へ戻った加納はやりかけの作業に戻った。パソコンを開いてログインする。

メールが五件来ていた。三十分ちょっとしか離れていなかったわりに多いなと思いながら受信箱を開けた。

〈通告〉

五件のうち三件に同じタイトルがついていた。しかし差出人は別々だ。どの名前を見ても顔が思い浮かばないが、字面に憶《おぼ》えがある。

はっとした。一つをクリックする。

〈貴殿が構造改革推進室長に着任されて以来、ベテラン社員に対する嫌がらせ、いじめともいうべき施策が次から次へと実施されています。私は仲間と一致団結して、それらが違法、無効なものであることを明らかにする所存です。良心がおありならば、

その前に自ら非を認め、施策を中止されるよう、強くお勧めいたします〉

三人からの文面はまったく一緒だった。

さっき毛利が「俺以外から言ってくる時も」と口にした時、なぜわざわざと引っ掛かかるものがあった。これだったか――。

背中に気配を感じて振り返った。奥地が立っていた。前日来、砂漠で渇き死にする寸前のロバみたいな顔をしていた奥地だが、久々の薄笑いを浮かべ、手には一枚の紙を持っていた。

「同じ部屋なんでね。電気信号でやりとりするのも他人行儀と思って」

渡された紙にも、同じ文面が印字されていた。加納が言葉を失っているのを楽しみながら奥地は続けた。

「ふわふわそのへんを漂ってるだけの、人畜無害な存在じゃないか。どうして目の敵にされるのか分からんが、バラバラじゃみなさんにやられてしまうからね」

「妖精《ようせい》同盟ってわけですか」

加納がうめいたのを、奥地はまんざらでもなさそうに聞いた。

「なるほど。そりゃまた素敵な名前をつけてくれたねえ」

6

毛利基、奥地文則以外の同盟メンバーは、営業サポート四課に籍を置く篠塚明子《しのづかあきこ》、市場運用課の高木誠司《たかぎせいじ》、商品開発課の溝口悟《みぞぐちさとる》。

加納英司はすぐに面談の場を設定した。こうなったら所属長ではなく、人事が前に出て対応すべきだった。

向こうは五人一緒に会いたいと言ってきたが、団体交渉権は労働組合にしかないと突っぱねた。

篠塚は五十七歳。容姿も服装も地味な雰囲気で印象に残りづらい。食堂で見た何人かの女性の中にいたかもしれないが憶えていなかった。

「介護があるんです」

そう繰り返す篠塚に加納は言った。

「家庭の事情はみなさん抱えておいでです。会社としてもサポートする体制を整えているつもりです。しかしそれは、きちんと働いていただくためでもあります」

残念ながら、相手にきちんと返事をする意思はないようだった。

「今が私にできる精いっぱいです」

精いっぱいも何も、同じ営業サポートの毛利同様、PIPの目標に向けて何かをしている様子はまったくない。示し合わせているのかもしれない。

高木は奥地と同じ再雇用組で、さらに一つ年長の六十三歳だ。松平健《まつだいらけん》にちょっと似ていなくもない。押し出しがいいところは奥地と違う。背も高く、細いストライプのジャケットを着こんで、梅雨前のさわやかな季節にふさわしい、自分で指定したカフェに現れた。

高木が多くの時間を過ごしてきた運用部門は、客から集めたお金を増やすのが役割で、営業とともに保険会社の両輪だ。特に生保は、兆単位の元手を持つ巨大投資機関である。

運用マンとしての高木の評価は可もなく不可もなしといったところのようだ。ただ、一緒に働いたことがある人は「とにかく楽しい人」と口を揃えた。

「ちょっとくらい損が出ても、次取り返せばいいからって。ゲン直しだって、下を連れて飲みにいっちゃうんですよ」

「座もちがよくって。カラオケも上手だったな。確か、友達とバンドやってるって言ってました」

しかし役職定年を迎えるころから実績ががくんと落ちた。何より不勉強が目に余り、仕事を任せられなくなった。

今は、三、四人のチームに加わる形になっているが事実上何もしていない。そうなると周りも、楽しい人だからで済ませてくれなくなる。

「年なんだからしょうがないじゃん」

高木は加納に言った。

「開き直られても困りますよ」

「もうしばらくしかいないんだからさ、目をつむってもらえないもんかねえ。迷惑かけてるわけじゃないし」

「いや、仕事せずに居座ってらっしゃることがすでに迷惑なんです」

「それが年寄りってもんじゃないか」

「とにかくＰＩＰを」

「年寄り、英語力上がんないよ。だいたい昔から苦手なんだよ。外国人ってさ、絶対発音記号通りにしゃべってないよな。聞き取れるほうがおかしくない？」

のらりくらり、話がかみ合わないまま面談は終わった。

保険会社には、アクチュアリーと呼ばれる人たちがいる。

商品の採算性などを数学的に分析する専門家で、資格を取れるまでに十年近くかかるのが普通なため、慢性的な人手不足だ。

転職にも困らなそうなのに、妖精さんになってしまったのが五十六歳の溝口悟だった。

鶴のように痩《や》せ、眼光は鋭い。髪は豊かなままだがぼさぼさだ。妖精さんぽいとは思えないけれど、ビジネスマン風でもまったくない。

学者が一番それらしい。実際、溝口は超有名大学で数学の博士号を取っていた。

「奥さんのことが関係しているのでしょうか」

妻は四年前、がんで亡くなった。その直後、役職定年にまだ少し間があるのに急激に妖精さん化が進んだことからすると、つながりを推測せざるを得ない。

「答えが見つからないんです」

「何の答えですか」

「問題を解く途中経過をお話しする習慣はありません」

「話していただかないと分からない」

「分かってもらいたいわけじゃないので」

同盟とは、真正面からぶつかるしかないようだった。

もっとも、不意打ちをくらったショックを別にして、加納はそれほど事態を深刻視していなかった。

まとまったからって何ができる。

妖精さんの歳でも活躍している人間は活躍している。妖精さんは競争に負けた落伍《らくご》者なのだ。恐れるに足りない。

　毛利と同期の常務、三枝義信はしかし、一報を入れた時からひどく不機嫌だった。

「気がつかなかったんですか？」

「済みません」

「済みませんで済まないですよ。不穏な動きは事前に摘み取る。労務管理の基本でしょう」

　頭を下げた加納の前で、爪を噛《か》みながらいらいら右へ左へと歩き回った。こんな三枝は見たことがなかった。

「前もって、毛利を東京から出しておくべきでした」

「え、そこまで」

「そうです。しかし、私もあなたがたに注意喚起すべきだったかもしれません。油断があったんですね。私としたことが」

　返事に困っていると、三枝は覚悟を決めたような口調で続けた。

「今さら嘆いても始まりません。遅かれ早かれ、あの男とはいずれ対決することになったのです。全力で息の根を止めるだけです」

「分かりました。心してかかります」

　剣幕に顔が引きつる思いで加納はもう一度深々と身体を折った。

三枝の懸念は、すぐ現実になった。

加納が作った動画がまたイジられたのだ。

今度槍玉《やりだま》に挙がったのは、動画の後半部分、希望退職者のモデルとして加納が紹介した人たちだった。

しかもビラを撒《ま》くなんてやり方でなく、企業の裏話を載せるネット掲示板が使われたのが衝撃的だった。妖精《ようせい》さんたち、こういうのは苦手と思っていたのに。

思い当たったのが溝口の存在だ。掲示板に親しんでいたかどうかはともかく、やり方を調べ、自分のものにするくらい朝飯前だろう。

〈みなさーん、騙《だま》されちゃいけませんよ〉

〈インタビューに応じてる奴らももちろんろくでもないんだけどさ。巨悪はやっぱり言わせてるほうだよね〉

〈金でも摑《つか》ませたんだろうなあ〉

他の妖精さんたちが言うことを溝口がアップしたのだろうか。

〈私、ファイナンシャルプランナーの人、よく知ってるのよ。職場が一緒だったことがあって〉

確かに篠塚明子にはそういう経歴があった。

〈辞めるんじゃなかったってため息ついてらしたわ。いくら永和ＯＢだって、それだ

けでお客が来てくれるわけないでしょ。辞めたらただの人なのを思い知ったって〉

〈冷静に考えりゃすぐ分かる。けどおだてられるとその気になっちゃうんだ〉

〈リストラ仕掛ける連中、ほんと罪深い〉

〈それで貧乏していているのにつけこんで、犠牲者を増やす片棒担がせる〉

〈人間じゃねえな〉

不動産管理会社の取締役についてはこんな具合だ。

〈あの人はねえ、反対に忙しすぎて何回も身体壊してるらしいぜ〉

〈聞いた聞いた。便利屋みたいに使われてな。取締役なんて名ばかりだ。下が休んだら自分でシフトに入って、書類作りから下手すりゃ掃除までやらされてるらしい〉

〈かと思うと、オーナー一族の内輪もめの仲裁で大わらわ〉

〈「大局的な経営方針に関しても意見を求められます」ってやつか〉

〈金もさ、年中無休で働いて永和の半分だよ。再雇用と変わんないじゃん。内輪もめが響いて業績が落ちたら責任だけ取らされる。これ以上報酬減らすのかって〉

そこまでは伝聞の形だったから、根も葉もない話をでっちあげている可能性があった。しかし張り付けられたリンクをクリックして、加納は愕然《がくぜん》とした。

はじめ、こちらが作った動画に細工をしたのかと思った。映し出されたのが例の那須の家だったからだが、アングルが違う。

開いたドアから出てきた、縁の細い眼鏡をかけた女性は年恰好《かっこう》からして奥さんか。加納が行った時はいなかったようだが。

「ご無理言って済みません」

毛利基の背中が映った。誰がカメラを回しているのか分からないが、池端より上手《うま》い。

「いいのよ。あたしも夫が言ってること聴いて腹が立ったから」

やはり妻らしい。何に腹を立てているのだろう。

「あの人は楽しいんでしょうけどね。今日もゴルフだし。でもあたしはできないから」

「奥様はここがお嫌なんですか？」

「決まってるでしょ。近いのはゴルフ場くらいよ。コンビニまで三キロあるんですよ。スーパーっていったら十キロ以上。病気になったらどうします？　片道三時間で通えっていうの？」

毛利はうなずきつつも、「土いじりは奥様も楽しめるでしょう」と質問を続けた。反応を予想して、舌なめずりする音が聞こえてくるようだった。

「土いじりですって？」

妻はとうとう金切声を上げた。

「何が悲しくて爪を真っ黒にして、汗だくになって紫外線浴びなきゃいけないの」

「虫もいるんでしたっけ」

「いるなんてもんじゃないわ。家にもいっぱい入ってくるのよ。クモとかハサミムシとか、あとあれ、茶色いまだらで、羽根のないぴょこぴょこ跳ねるやつ。寝てる時に顔に飛び乗ってきたの。絶叫しちゃったわよ。思い出すだけでぞくぞくしてきた」

「夏はしょうがないですねえ。でも冬は」

「あなた、ここの冬がどんなものか知らないでしょ」

彼女の表情に、絶望の色が差した。

「私は我慢強いから何とか生きてられるの。手でも顔でもね、空気に直に触れてると痛くなっちゃうのよ。耳なんか、耳当て付きの帽子かぶってないとちぎれそう」

「じゃあま、せいぜい家にいて」

「中も寒いの。朝起きたら、台所に霜が降りてるの」

「この家、もともと夏用の別荘みたいですもんね」

「夢だったとか言って夫があれ作らせたんだけど」

妻が指さす先をカメラが追い、暖炉が映し出された。

「薪《まき》っていくらすると思います？　ひと束七百円よ。それを下手したら五束、ひと晩で使うのよ。老後資金が毎日毎日、灰になって消えていくの」

「奥さん、泣かないで」

「あの人だって分かってきたはずだわ。ゴルフ、ずいぶん減ったもの。私には弱音を吐かないようにしてるけど、不安になってきたんでしょ」

毛利からすればうまく行き過ぎたくらいだろう。

さらに何というタイミングか、表にエンジン音がしたかと思うと、がちゃりとドアが開いた。さんざん罵《ののし》られていた夫が帰ってきたのだ。

目を白黒させる夫の間の抜けた様子をカメラは容赦なくとらえた。

「何だ、あんたたちは」

「奥様からお話をうかがってたんです。もちろんご了解を得て、撮影させていただいております。会社で作ったビデオにご主人が出演なさいましたでしょう。奥様はご存じなかったようですが、お教えしましたら、ご自分もおっしゃりたいことがあると」

「あなたこそどうしたの」

「いや、休憩中にクラブハウスでコーヒーぶちまけられちまってな。着替えようと思って」

夫は詰問の態度に戻って続けた。

「お前、どんな話をしたんだ」

「いつもあなたに言ってることよ」

不意を衝《つ》かれたようだった妻も、開き直って吐き捨てる。

「あんたたち、撮ったものをどうするんだ」

「しかるべき場所で一般の閲覧に供したいと思っていますが――」

「すぐ消去したまえ」

「いいえ。発表してちょうだい」

「ご本人が、そうおっしゃってますんで」

「許さんぞ、絶対。糞《くそ》。どういう日だ。せっかく奮発してコースに出たのに」

アクシデントは偶然だったのか。同盟メンバーの誰かがゴルフ場で待ち構えていた可能性はないか。夫をいったん帰宅させ、撮影隊と鉢合わせさせるために。

大いにありうる。いや間違いない。

鬱陶《うっとう》しい、憎たらしいとは思っていた。しかし、恐ろしいものとして妖精さんを捉《とら》えたのは初めてだった。

このエネルギーを仕事に向けてくれたらいいのに――。

7

ＰＩＰの対象にされた妖精さんたちの様子は、抱える各部署からほぼリアルタイムで加納英司に伝えられていた。

ところが、同盟の存在が明るみに出たころから、一部で急に滞ったり、内容が素っ気なくなったりしだした。

探りを入れると、ある課長が「実は」と声をひそめた。

彼は新人の時、毛利基の下に付いていた。

「お前はまさか、人事のいいなりになんかならないよな」

呼び出され、PIP批判を聞かされた。曖昧《あいまい》に逃げたが、ある程度調子を合わせざるを得なかった。

「いろいろ面倒みてもらったんです。名刺の出し方から教わりました」

二人がいたのは法人営業課だった。企業が従業員にかける団体保険などを扱い、本社にあって直接営業活動をする数少ないセクションだ。

「全然契約が取れなくて途方に暮れてた時、奇跡的にうまくいったと思ったら、毛利さんがこっそり相手に、若いのが行くからよろしくって話通してくれてたんです」

「へえ」

「説教もしょっちゅうされましたけど。おでん屋で延々、朝まで付き合わされて、サウナでちょっと酒抜いて、そのまま得意先回りなんてこともありましたね」

何にしても頭が上がらない。

所属長たちを集めた会議では、彼も自分の課の妖精《ようせい》さんをやっつけると高揚していた。年上への遠慮を捨てる覚悟もあった。しかし、直接仕えた相手となると簡単には割り切れない。

下手をすると、自分の課の妖精さんから毛利に告げ口される恐れもある。それでどうなるとも思えないが、できたら避けたい。

もともと非役職のシニアを配置する時は、縁の深い後輩となるべく一緒にしないよう配慮している。ところが妖精同盟のメンバーは、人脈がある管理職に片端から圧力をかけた。長年会社にいる強みを活《い》かしたといえる。

同盟メンバーでない妖精さんたちにも働きかけて、同じような動きをさせているらしい。

はっきり同盟への参加を表明しているのは五人だけだが、ほとんどの妖精さんが潜在的な味方なのは間違いない。会社に公然と反旗を翻す勇気がないだけだ。

指をくわえていれば、ＰＩＰが骨抜きにされてしまうかもしれなかった。加納は、所属長たちの督励に懸命になった。

「心を鬼にしてください。恩ある方の頼みを無視するのは辛《つら》いでしょうけど、妖精さんが、今や会社の最大の敵になっていることも忘れないでください」

「分かりますよ。よーく分かるんだけど」

なお歯切れのいい返事を引き出せなければ、三枝義信に指示された通り、ＰＩＰをきっちりやりきるかが、彼らの査定にも影響すると匂わせることになる。

とはいえこのあたりまではまだ、予想の範囲内だった。

係長クラス、さらに若い社員から、同盟の妖精さんに「口説かれた」という報告が上がってきたのは衝撃だった。

加納の事情聴取に、ある主査がぶすりとした表情で話した。

「ひと握りを別にしたらどうせどっかで切られちまうんだ。だらだらしがみついて、会社から取れるもの取ること考えたほうが得だぞって」

会社の対妖精さん方針に、一緒に異を唱えてほしい旨の勧誘だったらしい。

ぶすりとしていたのは、「ひと握り」には入れない人間だと決めつけられたわけで、それが面白くなく、すぐチクったのだろう。

同盟のほうでは、出世が遅れていると見た社員に声をかけたと考えられたが、本人を前に口にできない。

状況を客観的に見られる人間であれば、誘いに乗ったかもしれない。

そこまでいかなくても共感を抱くのではないか。しかし接触を受けたことは隠すだろう。ほかにも勧誘された者がいる可能性が高い。

同盟メンバーの動静にはもちろん注意を払ってきたが、いっそう目を離さず、箸《はし》の上げ下ろしまで報告するつもりでやってほしいとそれぞれの所属部署に頼んだ。

トップに妖精さんネットワークの影響が及んでいる場合は、加納が直接、課員に指示を出した。

場合によっては池端美紀を使った。人事課以外にほとんど顔が知られていないので好都合だ。

池端は、篠塚明子が三十代の女性社員を誘ってお茶をするところを押さえ、背中合わせの席で会話を盗み聞いてきた。

「PIPの前例を作らせちゃだめよ、とか言ってました」

あとで調べたら、相手は篠塚と同じ女子大の後輩だった。

もう手段を選んでいられない。メールのチェックに踏み切った。会社のアドレスなら中身を見られる。

しかし妖精さんもその可能性に思い至ったらしく、問題にされそうなメールは発信しなかった。

ただ、プライベートのアドレスを問い合わせるメールが、メンバーからたくさん送られているのが怪しい。相手を調べると案の定、魔手が伸びたのが分かった。

向こうも、地下活動は限界と感じたようだ。

「妖精同盟」のホームページが開設された。メンバーの名前も連署されている。

ビラなら回収できるし、迷惑行為として処分することも可能だったがとりあえずは手が出せない。

トップページには「妖精のススメ」と人を食ったタイトルが掲げられている。毛筆の立派な書で、福沢諭吉《ふくざわゆきち》と言われても違和感がないほどだ。

〈みなさんも、ふわふわと会社の中を浮遊してみませんか〉

本文の一行目から、血圧が上がるのを加納は感じた。

〈我々はこのごろ「妖精さん」なんぞと呼ばれるようになりました。残念ながらメタボの者も多くて、身が軽いどころじゃないんですが――やってみるといいものですよ〉

〈仕事については、無理しないことを最優先にしています。となると、体力、知力、気力、いずれも大して残っていないわけですからできることは限られます。みなさんの足を引っ張らないようには気をつけております〉

〈そんなふうでいて、年功序列というありがたい仕組みのおかげで、十分とは決して申せませんが大きな不安なく過ごしていけるわけですからね、こりゃ、味を知ったらやめられませんわ〉

〈こんなことを書くとみなさんは、存在そのものが迷惑だ、などとおっしゃるでしょうね〉

認識はあるわけかと思ったが、続くのは開き直りのような、さらなる自己正当化の論理だった。

〈なるほど、我々がもっとよく働く若者と入れ替えられれば、みなさんの仕事の分担は多少減るかもしれない。しかしですよ、現にみなさん、なんとかやってらっしゃるじゃないですか〉

〈みなさんの給料も上がりません。余ったお金は会社が持っていきます。競争に勝つにはどうしても必要、とか言って、結局は自分が太るためだけに使います〉

過去の利益変動が、一人当たり業務量や給料にどのように影響したかを示すグラフが載っていた。

さらにそのデータから、役職のないシニアがいなくなった場合、残った場合の将来像をやはり数字で予想する。複雑な計算式が添えてあり、どこまで信用できるのか加納にも判断できないが、少なくとも客観的な感じはする。

〈つまるところ、我々のいるいないは、とりあえずみなさんの待遇に関係ない。ですが今、我々を追い出すことを会社に許したらどうなります？　何十年か先、いや十年かからない方も大勢いらっしゃるでしょう、みなさんが享受できるはずのおいしい妖精生活は失われてしまうのです。これはみなさんにとって、大損害ではないですか？〉

彼らも損得で来るわけか。加納が希望退職募集でやった向こうを張っているつもりだろうか。

自分たちの責任を堂々と棚に上げ、会社が諸悪の根源だと話をすりかえる論法には呆《あき》れるほかない。

決定的に忘れられている、あるいは意図的に無視されているのは、会社が傾いたら社員も一蓮托生《いちれんたくしょう》という当たり前の事実だ。

そして変化の速い今日、業績の悪化は時に身構える間もなく起こる。悪くすると潰《つぶ》れたり、よそに呑《の》み込まれたりする。

題目のように唱えていると見えるかもしれないが、ビジネスの現実を知れば知るほど、競争を意識しないわけにいかないのだ。

とはいえ巧みな文章だった。

挑発して読み手の関心を惹《ひ》きつけ、いつの間にか自分の土俵に引っ張り込んでいる。内容が就業規則に引っかからないかと思ったが、「無理しない」と言うだけでさぼると宣言したり、勧めたりしているわけでないから、表現の自由の範囲内におさまりそうだ。

数字にかかわる部分が溝口悟の手になるのは確実だが、彼には文才もあるのか？

「奥地さんでしょう」

ため息をつきながらつぶやいた人事課長の山瀬忠浩によると、奥地文則は学生時代、演劇青年で、台本もたくさん書いたらしい。

「そういや字も上手だった」

妖精《ようせい》さんたちと手を組むのが得、なんて結論が簡単に受け入れられるはずはないと信じつつ、興味を惹かれる者もいそうに思ってしまう。

感心している場合ではない。

妖精さんたちは次々アイデアを繰り出してくる。

いつも通り午前八時半に加納が地下鉄の大手町駅から地上に出てくると、数十メートル先の会社が入るビルの前に、揃いの明るい緑色のTシャツを着た男たちがいた。歩道の隅をゴミばさみでつついている。丸《まる》の内《うち》で吸い殻が落ちているなんてことは滅多にないが、植え込みの中まで探ってビニールの切れっぱしを見つけ出し、もう一方の手にぶらさげたゴミ袋に入れた。

溝口と高木誠司だ。

少し離れた場所に奥地もおり、裏に回ったら、案の定残る二人、毛利基と篠塚明子の姿が見えた。

距離を取って観察していると、彼らの注意がゴミ以上に、通行人に向いているのが分かった。しきりに辺りを窺《うかが》い、知った顔があるとにっこり会釈する。

「おはようございます」

声を張り上げることもある。永和の社員には誰かれなくそうしているのかもしれない。他の企業も入っているオフィスビルだが、社章を見れば区別がつく。

妖精同盟の結成は社内で知らない人がいないくらいになっている。

憤る、少なくとも眉《まゆ》をひそめる向きが多いと信じたい。実際、そういう声は人事にもいくつか届いている。しかし数としてそれほどでない。

みんな気にしていないはずはないだろう。腫物《はれもの》に触るような扱いなのはなぜだ？共感の輪がそこまで広がっているのか？

共感していると勘繰られたらまずいから、おおっぴらに話題にするのを避けているだけだろう。今見ていても、挨拶《あいさつ》された人の大半は困惑気味に見える。

一方で、最終的にはほとんどが笑顔を返すのも事実だ。これみよがしとはいえ、ボランティア活動にいそしむ同僚への、常識的な態度だろう。

同盟だって、はじめから尊敬されようとまで期待していないはずだ。

とりあえず顔を知ってもらい、存在に慣れさせる。抵抗が薄れれば親しみが湧くまであと一歩。文句のつけようはない振舞いに、好意を持つ者が出てくるのを待つ。

加納もそろそろ会社に入らなければいけない時間になった。同盟メンバーの目をかいくぐろうとしたけれど簡単ではない。

三人いるものの、出入りする人も多いから紛れやすいと考えて正面から突入したが、よりによって奥地と目が合った。一瞬顔を強張《こわば》らせた奥地だが、次の瞬間明るい声を出した。

「室長、おはようございます」

さすがに目は笑っていなかった。それでも口角をしっかり上げて会釈する。

「お、おはようございます」

こちらが動揺を露《あら》わにしてしまった。

敵ながら頑張っていると認めざるを得ない。ひと月前なら、この時間は社食で油を売っていたはずだ。

次の週には、高木が入っているアマチュアバンドが新宿《しんじゅく》のライブハウスに出演した。

ホームページに告知があったほか、加納には案内が直接メールで送られてきた。

その店は、ライブハウスというよりカラオケスナックみたいなところで、ステージもフロアの奥にドラムセットと音響機材が置いてあるだけだった。

バンドのメンバーと思《おぼ》しき同年配の男たちと一緒に高木がおり、機材の調整をしていた。入場料を払っていた加納を見つけて近づいてくる。

「おお大室長。売り上げに貢献していただいて、ありがとうございます」

愛想よく言ったそばから、「本当はご招待しないといけなかったんでしょうが、再雇用の身で手元不如意なもんで」などとジャブをかましてきた。

「いや、敵情視察は大事な仕事ですから」

加納も負けていられない。

「趣味に熱中されるのは結構ですが、PIPを忘れないでくださいよ」

ほかのメンバーは、加納と高木のやりとりに注意を払うでもなく準備を進めている。永和生命の社員ではないようだ。まあ、高木と並んで人前に立つ勇気のある社員は珍しいだろう。

あれ、と思ったのは客席に同盟のメンバーが見えないことだ。絶対来ていると思ったが。

加納が席についてほどなく演奏が始まった。

ビートルズだの、昔のサザンオールスターズだの昭和歌謡だの、ごちゃまぜだがなかなか上手《うま》い。高木は聞いていた通りボーカルとギターの二刀流で、一番目立っている。

音楽を楽しみに来たわけではない。自分をいさめ、改めて高木が案内を送り付けてきた意味を考える。

向こうは純粋に、客を増やしたかっただけなのか？

そんな気さえしはじめてきた曲の合間、高木が「本日はユニークなゲストの方々をお迎えしております」と話し出した。

「実はわたくし、人間ではないんです」

当然ながら客席は、何の話？　という空気になった。

「妖精です」

真面目くさった表情を崩して高木は続けた。

「いや、私は人間のつもりなんですが、会社が最近人間扱いしてくれないんですよ。歳とって働きが悪くなっちゃったんですね。じっと座ってるのも辛《つら》くてあっちへふらふらこっちへふらふらしてるもんだから、妖精だと」

笑いが起こった。

「妖精なら、可愛い感じでしょ？　マスコットにでもなるのかと思ったら、えらく邪険にされてるんです。それでもめげず、妖精ライフを全うしようと頑張っております」

「頑張れ」と客席から声がかかった。

客の大半も高木と同じ世代に見える。改めて店の中を見回した加納は、後ろのほうに、マスクをして帽子を目深にかぶった何人かが座っているのに気づいた。永和の社員かもしれない。しかし同盟メンバーとは違うようだ。

「わたくし、妖精ライフをたたえる歌を作りまして。お披露目は、職場の妖精仲間と一緒にさせていただくことになりました」

カーテンがかかっていた厨房《ちゅうぼう》スペースから、ぞろぞろ人が出てきた。薄緑のひらひらした衣装を着て、背中に羽根を生やしている。濃いメーク。全部で四人。

背筋がぞわぞわした。妖精というより妖怪だ。

高木がギターの弦をはじき、ボディから突き出したレバーを動かした。動きに合わせて音が震える。同時にキーボードがおどろおどろしい、しかしどこかユーモラスなメロディーを奏で始めた。

〽妖精さんは　早起きだ
目が覚めるから　しょうがない
せっかくだから　出社して
その分早く　帰ります
ああ楽しいな　楽しいな
妖精さんには　無駄がない

〽妖精さんは　ついてけない
あまりつぎつぎ　新技術
マニュアルを読む　ところから
字が小さすぎ　お手上げだ
でも楽しいな　楽しいな
できないことは　やらぬだけ

〽妖精《ようせい》さんは　気ままだよ
きつい仕事は　人間に
まかせて好きに　日を送る
それでも給料　もらえるよ
いや楽しいな　楽しいな
やめるわけなど　ありません

高木以外の四人も歌いながら、盆踊りのような社交ダンスのような奇妙な身振りで踊っている。

歌も踊りも控えめに言って恐ろしく下手くそだ。歌、踊りと呼べるかからして微妙だろう。単純なメロディーなのに音程はとっぱずれている。毛利の身のこなしが案外軽いのは意外だったが、他のメンバーは足などろくに上がらない。

だがみんな、歌詞の通りに楽しそうだった。溝口悟や篠塚にははじめのうち照れが見えたけれど、いつの間にか吹っ切れた様子で表情もほぐれてきた。

歓声が上がった。マスク、帽子の連中は特に熱狂しているふうに思える。それに同盟メンバーが手を振って応《こた》える。

連帯感のようなものが店の中に充溢《じゅういつ》して、加納は一人、浮いているのを自覚した。

曲が終わって厨房へ引っ込む時、毛利がこちらを見た。

豆タンク形の体形と輝かしい頭頂部。不気味さはメンバーの中でも群を抜く。そのぎょろりとした目が加納を捉《とら》えた。やけに白い歯をのぞかせてから、毛利はカーテンの向こうへ消えた。

ライブの模様はその夜のうちに、同盟のホームページにアップされた。

動画を食い入るように見ているであろう、ひょっとすると途方もない数かもしれない永和社員たちの姿を加納は想像した。

8

下手をしたら妖精さんたちに呑《の》み込まれる。すでに彼らとの闘いは、食うか食われるか、加納の社会人生命をかけたものになりつつあった。

今からでも同盟メンバーを異動させたらどうか?

閑職に追いやっても意味がない。むしろ喜ばせるだけだ。

地方なら一定のダメージは与えられるかもしれない。辺鄙《へんぴ》とはいわないまでも、東京からのアクセスが悪いところもある。

しかし、あまりに露骨な地方転勤は、対立関係が隠れもなくなっているだけに、不当労働行為として抗議されるリスクがどうしても気になる。

病原菌をばらまくに等しい行為ではという疑念も起こった。ネットを通じた影響はすでに勤務地に関係なく広まっているはずだが、生身の人間が布教すればさらに丸め込まれる者が増えないか。

同盟が結成される前にばらばらにしておけばよかった――。

三枝義信が言った通りだ。しかしもう手遅れだ。

ＰＩＰは一応継続されているが、現場からの報告が滞る状況はなくならない。報告内容そのものも、始めたころの勢いが薄れている。

〈怯《おび》えた様子がなくなった。開き直っているようにさえ見える〉

〈以前と同じような勤務態度に戻ってしまった〉

〈立ち歩き、職場放棄が復活した〉

ＰＩＰ不達成を理由に退職勧奨へ持っていくには好都合とも考えられるが、向こうにスクラムを組まれるのは想定外で不気味だった。

労基署への駆け込みや、訴訟といった事態になったとしても、ばらばらなら一つ一つ潰《つぶ》していけばいい。しかしさざ波もまとまるとうねりになる。

マスコミが好意的に取り上げるかもしれない。年寄りに冷たい会社なんてイメージは、生涯の安心を売り物にする企業にどう考えてもよろしくない。

永和生命の労働組合は経営サイドと協調路線で、PIPにも異議を唱えてこなかったが、妖精さんたちの主張を支持する組合員が増えれば無視できない。状況によっては内紛、分裂といった事態にまでつながる可能性がある。会社にとってはガバナンスの前提が崩れてしまう。

そんな中で六月も下旬にさしかかってきた。月の変わり目が一回目として設定した評価タイミングだ。

手加減した評価が上がってきたら所属長につき返すのか。

そうならなかったとして、低い評価のついた妖精さんにどの程度強硬な措置をとるのか。

さすがの三枝も慎重にならずにいられなかったようで、考えられる選択肢それぞれについてその後の展開をシミュレーションしたレポートを出すよう指示があった。

池端美紀は面倒な調べ事をいとわずやってくれるし、頼めば残業にだって付き合うだろうが、非正規雇用者に残業させるのは好ましくない。レポートの中身にタッチさせるわけにもいかない。

転職以来ずっと忙しかった加納の帰宅はますます遅くなった。生命保険業界、特に永和はホワイト企業と聞いていたはずなのに。

加納は浦安《うらやす》のマンションで、妻の晴美《はるみ》、一人息子の隆太《りゅうた》と三人暮らしをしている。不妊治療の結果やっと授かった隆太はまだ五歳で保育園に通っている。送り迎えは晴美と当番制だが、このところほとんど行けていない。

出版社勤めの晴美も仕事を抜けられないことがあり、そんな時は近くに住んでいる晴美の親に頼む。子育てを助けてもらう目論見《もくろみ》で、近くに加納たちがマンションを買ったのだ。

その日も助けを乞《こ》うパターンになってしまい、十時近くになってやっと浦安に着いた加納は、いったんマンションへ寄って車で妻子を迎えに行った。

「いつもすみません」

すやすや眠っている隆太を抱いて頭を下げる加納に、義母は「ご飯まだなんじゃないの？　ありあわせだけど」とタッパーを出してくる。後ろから義父も顔をのぞかせている。

「済みません」

これもいつものことだ。晴美と隆太はもちろんすでに食べさせてもらっている。

「ありがたいよな。妖精さんたちに見習ってもらいたいよ。社会への貢献の仕方はいくらでもあるじゃないかって」

「今日も妖精さん？」

加納は「手ごわいよ」とつぶやいた。

最初に妖精さんの話をした時、晴美は「うちにもいる」と言い、呼び名の由来を、見るのが難しいからと説明したら噴き出した。

「広めてみようかな。受けそう」

その時は一緒に笑えた。今、心に余裕がない。

数日後、なんとかレポートの草案をまとめた。三枝に出す前に顧問弁護士のチェックを受けたほうがいいと思い、事務所に電話した。

何度かけても捕まらない。朝、飛び出していったきりだと事務員が言った。

普段からちょくちょく連絡をとっているけれど珍しかった。検事を定年退官した人物で、今は大した仕事のない会社顧問をいくつかやっているだけだ。妖精さんみたいなものでも、肩書があれば稼げるんだと思ってしまう。

午後になって加納は待ちきれず、弁護士の携帯にかけた。

「ああ、電話もらったんだってな。すまんが忙しいんだ」

「聞きましたが、こちらも待ったなしでして」

「今やってるのも永和の案件なんだ」

「妖精さんの件より緊急性が高いんですか」

「そうねえ」

曖昧《あいまい》につぶやいた弁護士は「加納さんには教えられない」とつけくわえた。

やむを得ず、事情を説明しておこうと今度は常務室の内線番号を押す。出てきたのは秘書だった。

　こちらはしばらくして三枝を捕まえることができた。

「ＰＩＰの話ですね」

　三枝はせかせかと言った。

「はい。今日にでもと思っていたのですが――」

　面会して話すつもりだったが、三枝はいきなり「今回は詰めないことにします。当たり障りなく流しておいてください」と言った。

「え。いいのですか」

「残念ですが。しかしもちろん今回限りです。次は遅れを取り返します」

　それだけ告げて三枝は電話を切った。

　要するに、妖精《ようせい》さんに対峙《たいじ》する余力がないということだ。対決は先送りだ。

　弁護士がばたついているのと原因は同じ気がする。相当なトラブルに違いない。

　気になるが知らされていないのは知る必要がないからだ。あるいは知ることが害になるからだ。顧問弁護士ははっきり、教えられないと言った。

　ならば放っておくしかない。

突然暇になった。レポートはいずれ作るだろうが急がなくていい。

そう伝えると池端は拍子抜けを通り越して不満そうな顔をした。妖精さんに憎しみを抱く彼女は、問題の厄介さを改めて認識しつつも、この月末、なにがしかの成果が出ることを期待していたのだろう。

もちろん加納もだ。しかし焦って仕損じては元も子もない。

「じっくりいこう」

池端だけでなく、自分にも聞かせるつもりでそう言った。

ひと月猶予をもらったと思って、妖精さんたちへの支持を削る方法を考えよう。あるいは、いくら支持があっても関係なく、問答無用で退場させられる方法を。

三枝の指示内容は一応、人事課長である山瀬忠浩に話した。トラブルのことは山瀬も知らないようで、あえて触れなかった。

「今日はもう引き揚げます」

「そうだな」

山瀬もしょうがないなというふうに応じた。

人事課はルーティンの業務に加え、本格化してきた新卒採用関係の仕事で忙しそうだ。滑稽《こっけい》なことに奥地まで、加納の動きを見逃すまいとしているのか、このところずっと席にいる。

でもこちらは特命専任だ。役回りが違う。今までのハードワークを考えても後ろめたく感じる必要はない。

少しゆったり数日を過ごした。やってきた木曜、加納は以前から心にかかっていたことを実行に移した。その日は、隆太のお迎え当番からも外れるよう調整した。

終業後、東京駅へ向かったが、いつもとは違う地下鉄の改札をくぐる。

中学、高校とバスケットボール部だった。大学では、あまりに練習がキツそうなので体育会に入るのは日和《ひよ》ったが、友達とサークルを作った。

社会人になってしばらくブランクがあったものの、クレカ会社の同僚と、会社に近い目黒《めぐろ》で活動しているチームに入った。

丸の内からだと行きにくく、どうしようと思っていたら、永和には社員の同好会があると知った。

十分ほど電車に乗って降りた街に、練習場になっている貸しコートがある。木曜が週に一回の練習日だ。

妖精さん問題が片付くまで、入っても満足に活動できそうにないけれど、いずれと思っていたので見学しておいて損はない。何より一度気分を変えたかった。

コートには、すでにボールの入った籠《かご》が出て数人の男女がウォーミングアップを始めていた。加納は一人に近づき、入会を検討しており、見学させてほしい旨を話した。

「いいですよ。大歓迎です」

錦糸町《きんしちょう》の営業所にいるという若い男性が笑顔で迎えてくれた。

「よかったらやってみます？　レンタルシューズもありますよ」

数カ月ぶりなのが心配だったが、勧めに従ってコートに立った。ドリブルからのシュートを四、五本。一本外したほかは決めた。服がワイシャツのままなので一対一では本気を出せなかったが、多少の見せ場を作れた。

拍手を受けて照れる。しかしクールダウンのつもりのフリースローまで入ってまんざらでもない気分だ。

「入会希望の方？」

今やってきた男が言った。加納と同じくらいの年齢だろうか。

「すごいじゃないですか。次の試合が楽しみだ」

「とんでもないです。それに、すぐにはご一緒できないんです」

「おや、どうしてですか」

構造改革推進室の加納、と名乗ると相手の様子が変わった。

「あなたが加納さんでしたか――」

不動産投資課の課長補佐だという。営業所の若手には「室長さんですか。偉い人なんですね」としか言われなかったが、本社でそれなりの立場にいれば、やはり反応してしまうようだ。

「会社でも新人です。よろしくお願いします」

冗談めかしたが相手の表情は硬いままだ。

不動産投資課にももちろん妖精さんがいる。過去の人間関係ほかで、妖精さんと敵対できない事情を抱えている可能性もある。

加納は自ら「いろんな目で見られるのは分かっています」と言った。

「ご苦労が多いでしょうね」

言葉を選ぶようなつぶやきだった。

「こちらにＰＩＰの対象になっているような方が？」

「いや、活動している中にはいないと思います」

それから思い切ったみたいに言った。

「毛利さんが名誉会長なんですよ。設立者です。心臓をやられて引退されましたが。たまにここにもいらっしゃいます」

今度は加納がぽかんとしてしまった。

病気のほうは人事ファイルに載っていたが、同好会活動までフォローされていなかった。

豆タンク形の身体とバスケットはつながりにくいが、ライブハウスで一人、動きにキレがあったのはそのせいか。

「今の会員さんにも慕われている？」

「面倒見のいい方ですからね――」

いったん言葉を切って相手は続けた。

「言うまでもありませんが、会員の考え方や立場はいろいろです。私がどうかは申し上げないでおきます。ただ、バスケ仲間にその件で何か押し付けたり、頼んだりしたことはありません。楽しくプレーできなくなってしまいますから」

「正しいご配慮だと思います」

加納は頭を下げた。

「私は入らないほうがよさそうですね」

「申し訳ありません」

「私が転職してこなかったら、面倒もなかったんでしょうけれど」

「加納さんのせいではないと思います」

二人とも言葉が続かなくなって、ぼんやりコートを眺めた。人数が揃ってきてミニゲームが始まっている。

「一人、インターハイに出たっていうのがいるんですがね」

相手が問わず語りのように言ったのは、沈黙が苦しくなったからだろう。

「今日は休みだそうです。仕事のほうで問題発生らしいんだけど、詳しい話ができないって何ですかねえ」

頭のどこかが反応した。

「どこの方ですか」

「サポ三ですよ。担当までは忘れたなあ」

加納は靴を履き替えた。

「お邪魔しました」

「わざわざ足を運んでいただいたのに――」

また詫《わ》びを口にする相手を制して、コートから離れた。

9

翌朝、出社した加納英司は社内データベースにアクセスして、営業サポート三課が管轄している中部地方の支社に関する資料を引っ張り出した。

各支社幹部の経歴をざっと眺めたが、みんなきれいなものだ。もっとも、あからさまなバッテンがあれば支社だって幹部にはなれないだろう。

数字にとりかかってすぐ気づいたのは、岐阜支社の好調な業績だった。名古屋《なごや》を抱えてマーケットがはるかに大きい愛知とさほど変わらない。

さらに岐阜支社に絞って資料を読み進めた加納は思わず「うわ」と声を漏らした。

「どうかしましたか」

「何だこれ」

指さしたパソコン画面の該当箇所に目をやって、池端美紀は「ああ、竹内《たけうち》ゆかりさんですよ。って私もお目にかかったことないですけど」と答えた。

「ご存じなかったですか。永和じゃ、いや業界全体でも超有名人のおばあちゃんです」

竹内は一人で岐阜支社全体の三割近い売り上げを叩《たた》き出している。営業社員、いわゆる生保レディでありながら、支社の特別顧問という肩書を与えられたのもむべなるかなだ。

レディ歴は半世紀になんなんとし、年齢も当然ながら七十をとっくに超えている。顧客には資産家や、議員、首長を含む地域の有力者が多く含まれ、大口の契約を次々取ってくる。

「ユカテリーナってほうが通りがいいかもしれません」

総合職の社員も竹内にはまったく頭が上がらない。支社運営のあらゆる方面に口を出して権勢をふるう様子を、世界史の教科書にも出てくるロシアの女帝エカテリーナになぞらえてあだ名がついた。

「妖精《ようせい》さんやら専制君主やら、いろんなのがいるんだなあ」

「ですね。でも私はユカテリーナさん、素晴らしいと思います。会社に貢献してるわけじゃないですか。妖精さんと大違いです。年長者は本来そうあるべきです。だったら独裁者だってかまわない」

「そういうことになるのかな」

「仮に問題があるとしても。竹内さんは私たちの相手じゃないですよ」

背中に気配を感じて加納は振り返った。奥地文則が様子を探りに来たかと思ったのだが、立っていたのは人事課長だった。

「そうだぞ、加納室長」

小さな声で話していたつもりだが、山瀬忠浩には聞こえたようだ。

「まずやらなきゃいけないことがあるだろう。息を入れるのはいいが、関係ないことに首を突っ込んで特命をおろそかにするのは許されないぞ」

となると事情を話すしかない。山瀬を部屋の隅へ引っ張って耳に口を近づけた。

神妙な面持ちで聞いていた山瀬はすぐ課長席から姿を消し、昼休みの少し前に戻ってきて加納を食事に誘った。

飲食街をぶらぶら歩いて山瀬が立ち止まったのはインド料理屋の前だった。

ドアを開けると、よく分からない香辛料の匂いが漂ってきた。店内は薄暗く、テーブルとテーブルのあいだが衝立《ついたて》で仕切られる半個室の造りで密談にはもってこいだ。

山瀬が羊の、加納は鶏《とり》のカレーを注文する。

「加納さん、大当たりだ。やっぱりユカテリーナだった」

「というと」

「認知症の客に高額な保険を売ってた」

ため息が出た。斟酌《しんしゃく》のしようがない。表沙汰《おもてざた》になったら、本人がアウトなだけでなく経営へのダメージも必至だ。

「とんでもないですね」

「まったくな。でも、前からなんだ。家族から抗議されたのも一回や二回じゃない」

「なのにどうして」

皿が運ばれてきて、山瀬はスプーンでカレーとコメをぐしゃぐしゃに混ぜてから口に運んだ。加納は手をつける気にならなかった。

「食べろよ。味は悪くないぞ。ちょっと辛いけど」

言ってから、思い出したように加納の問いに答えた。

「もみ消し続けてきたんだよ。謝ってすまないこともあったけど、そこは何とかして」

「稼ぎ頭だから？」

「一つの理由ではあるな。しかし最大のってわけじゃない」

「誰も逆らえないってやつですか。何だかんだ言ったって営業社員なわけでしょう？支社長がダメなら東京で直接」

「社長がバックなんだ」

淡々と山瀬は言った。

「ここだけの話だ。まあ知ってる奴は知ってるけどな。社長が上り詰められたのは、岐阜の支社長だった時にすごく成績を上げたのが大きいんだよ。もっと言うと、二十代にも岐阜に行ってて、ユカテリーナのツバメだったたって説もある」

気分が悪くなってきて、加納は話の方向性を変えた。

「今回はもみ消せなかったんですね？」

「相手が強硬らしい。記者会見するって息巻いてるみたいだ」

「じゃあおしまいだ」

「それがユカテリーナも白旗を掲げる気がないのさ。客と二人っきり、密室の出来事だからな。ハンコをついてもらった時はしっかりしてらっしゃいました、重要事項の説明もルール通りにいたしましたで突っ張り通すつもりなんだろ」

最悪だ。

裁判には勝てるかもしれないが、証拠がなかっただけで、やったに決まっているのが誰にでも分かる。永和のイメージはぼろぼろだ。一斉解約のようなことが起こっても不思議でない。

「常務がネタ元ですか」

「ああ。加納さんの話を伝えたらすぐ社長に会ってこられた」

「なら、社長を諫《いさ》めていただけたんですね」

ほっとした加納だが、山瀬はスプーンを持つ手を止めて難しい顔になった。

「どうだろうな」

「三枝さん、社長の信頼が篤《あつ》いんでしょう？」

「ユカテリーナがらみとなると社長はおかしくなっちまうからな。常務に詰められてむすっとしてたらしいぜ」

絶句した加納に山瀬は重々しく言った。

「週明けにもう一回言ってみるとはおっしゃってたが。いずれにせよ俺たちにはどうにもならない」

「そんな」

「もちろん俺に教えてくれたことには大いに感謝してる。常務に一目置いてもらえた。加納さんの評価はもっと上がったろうけどな」

「いや、そんなのはどうでも」

「会社で生き残るには、情報が何より重要だ。すぐでなくてもいつか役立つ時が来る」

冷めてしまったカレーに目をやった。食欲は依然としてなかったが、無理に口に入れた。味がよく分からない。辛さは確かに相当で、すぐ汗が出てきた。しかし辛さのせいだけだろうか？

会社に戻ると池端がもの問いたげな視線を投げてきた。気づかないふりをして妖精さんのほうの作業にとりかかるふりをしたものの、どの程度できているのか判断することから難しかった。

10

「やっぱりだめだった」

このあいだと逆に、山瀬忠浩のほうから囁《ささや》いてきた。

「聞く耳なんぞあらばこそって感じだったらしい」

「で、ユカテリーナの言いなりに？　自殺行為だ」

「社長がサポ三を直接動かして、後始末させてる。金を握らせるとか、受け取ってくれなきゃ弱みをつかんで脅すとか」

「むちゃくちゃですよ。何としてもやめさせないと」

「無駄だ」

低い、しかし有無を言わせぬ調子だった。

「常務も断念された。やましいことはないと、社長がとぼけてるんだ。証拠がなければ攻めきれない」

「だからって」

「チャンスを待つと常務はおっしゃってる。次はユカテリーナの尻尾《しっぽ》をつかむ。そのためには社長のそばにいなければならない」

「悠長すぎませんか」

「他に手がないんだ。我慢してくれ。間違っても外に漏らしたりするなよ。会社を傷つけるだけで誰のためにもならない。逆に、常務がユカテリーナと社長に引導を渡す展開になったら、加納さんは相当な処遇を受けると思うぜ」

「私の話じゃなくて」

山瀬は無視した。

「今は妖精さんだ。そっちに集中するのがいい。ユカテリーナのことは残念だったが、常務の身体も空いた」

割り切れなかったが、従うほかないのか。

確かに、三枝に無理をさせたらかえって解決が遠のくかもしれない。自分が、いずれやりたい人事、労務施策を進めるにも、三枝の力は借りたい。

気持ちの整理をつけようとしていた二日後、池端美紀が突然、辞めた。

朝、姿を見せず、どうしたのかと思っていたらほどなく派遣元から「退社した」と連絡があった。

永和ではないところへ移りたい要望が出され、すぐには無理な旨返事をしていたが、昨日になって派遣元宛ての辞表を持ってきたそうで向こうは平身低頭だ。

人事課の面々がびっくりし、何があったかあれこれ推測し合う中で、山瀬と加納には、ひょっとしてと引っかかるものがあった。

「漏らしてないよな」

「言われた通りにしました」

はしっこい池端のことだ。勘づかれた可能性がゼロとは言えない。その気になれば深掘りする手立てはあるだろう。

だとしても、彼女には無関係ではないか？　責任もない。放っておけばいいだろうに。

永和を告発する可能性はあるだろうか。

ぼんやりした憶測だけでどうなるものでないのは、誰がやっても同じだが――。悪くすると彼女のほうが逆に訴えられかねない。

「探りを入れてみてくれないか、念のために」

山瀬に言われて加納はうなずいた。

電話したがずっと話し中。着信拒否されているようだ。メールも戻ってくる。住所は分かったので、手紙を出そうと思った。だがなるべく時間をかけたくなくて、自分で郵便受けに入れてくることにした。

住所をスマホのナビに入れてたどり着いたのは、丸の内から電車を二回乗り換えて埼玉に入った、駅から徒歩十五分の小さなマンションだった。

目的を果たして駅へ引き返し、改札へ向かいかけた時はっとした。中から池端が出てこようとしていたからだ。

池端もICカードを仕舞いかけたところでこちらに気づき、凍り付いた。

「何しにいらしたんですか」

「わけを知りたくて。手紙を置いてきたところだった」

「お伝えすることはありません。わけなら、見当がついてらっしゃるんじゃないですか」

横をすりぬけて足を速めたのに、加納は追いすがった。

「話したくないなら話さなくていい。ただ知っておいてもらいたいんだ。僕たちはユカテリーナを野放しにしておくつもりはない。今は手出しできないけれど、そのうち必ず」

振り向こうとしない彼女の前に出て立ちふさがる。

「お願いだ」

「そんなふうに強引に、思い通りにことを進めようとするんですか、永和って会社は」

「聞いてくれ」

「なのに厄介な相手が出てくるとすぐ怖気《おじけ》づいて、許しちゃいけないことに見て見ぬふりしちゃう。我慢できません」

池端はしゃべり過ぎたというふうにふいに黙った。

懸念は正しい。竹内ゆかりの件を知っていると白状したも同然だ。

だがかえって開き直ったようで、池端は再び口を開いてまくしたてた。

「そのうちっていつですか。どうやって？　信用できませんよ。永和は、お年寄りに好き勝手に食い尽くされていくんです」

「妖精《ようせい》さんのほうだってちゃんとやる。そうとしか言えないけど」

「できると思えなくなりました。永和が潰《つぶ》れるの、たいして先じゃない気がします。元凶の人たちは逃げ切りかもしれませんけど。加納さんは無理じゃないかな。さっさと逃げ出したほうがいいですよ」

そして付け加えた。

「ご安心ください。何かしようと思ってるわけじゃありません。永和で働くのが嫌になっちゃっただけです」

求めていた情報だった。加納からすれば足を運んだ目的は達成できたわけだ。

しかし、分かりましたと立ち去ったら、ろくでもない人間になってしまう気がした。

「ユカテリーナの件がショックだったのは理解できるけれど、自分の手が汚れたわけでもないのに、いっときも我慢できないみたいに仕事を投げ打つのは普通じゃない気がする」

無視して歩き出した池端の背中になおすがるように呼び掛けた。

「池端さんを心強い仲間だと思ってきたんだ。実際助けられたし感謝してる。力になりたい」

だめかと思ったが、池端は足を止めて振り返った。

ファストフードの二階席で、ぽつりぽつり語られた話は加納を息苦しくした。

「就活してた時、『面接必勝法』みたいなDVD教材を売りつけられたんです。焦りで変になってたんだなって今なら分かるんですけど」

五、六万円もしたが、セールスマンが、池端もそれを売れば代金がいらないばかりか、収入を上げられると言ったのを信じてしまった。

気づいた時には下宿の押し入れからあふれるほどの在庫と、百万を大きく超す借金だけが残っていた。入社試験に落ち続けたのはぼろぼろなメンタルが響いた結果だった。

親に泣きついて借金こそ返したものの、就職浪人などとても言い出せず、内定の出た会社ならどこでも入らざるを得なかった。

「そんなことがあったんだ」

加納がユカテリーナにただならぬ関心を示し、こそこそ動き出した時、ただならぬものを感じた池端は自分でも探りを入れた。方法については口を閉ざしたけれど、同じ派遣会社からサポート三課にも人が行っており、そのあたりと推測して間違いないだろう。

いずれにせよ、竹内があだ名以上の暴君、いや犯罪者だったことを池端は知った。彼女をマルチ商法に引きずり込んだ連中の同類だ。

しかも加納は山瀬と一緒に情報を抱え込んだ。永和生命として竹内を守るというわけだ。

「私、ズルしてうまい汁を吸う人の犠牲になってきました。妖精さんたちの尻《しり》ぬぐいをさせられるのもそうだと思ってます。だから、加納さんと一緒に始めた仕事にもやりがいを感じてたんです」

「なのに、ってことだな」

加納はため息をもらした。

「確かに、こんな情けない奴の下で働いてられないって思うよな」

「加納さんだけのせいじゃないですよね。失礼なこと言ってしまってすみません」

「いや、言われても仕方ない。ユカテリーナのほうだってやる気はもちろんあるんだけれど、具体的にどうとなると何も見えていないのが正直なところだ。三枝常務でさえ簡単にはいかないみたいだから」

加納のほうも、社長が竹内ゆかりを完全ガードしている状況を説明した。

「だとすると、現場を押さえるくらいじゃないとだめですよね」

「それができたら、会社を変えるきっかけにもなると思うんだが……」

「ですね――」

二人して言葉少なになってしまった。

「あ」

突然池端が大きな声を出して加納はびっくりした。

「私が岐阜に行きますよ」

何を言っているか分からなかった。

池端の提案はこうだった。

生保レディになって竹内ゆかりのいる営業所に潜り込む。

新人には研修期間があり、先輩の営業についていったりするらしい。ユカテリーナに接近して先生になってほしいと頼む。

「うまくいったとして、危ない橋を渡るところを簡単に実演してくれるとは思えない」

「頑張ります。お金のためなら何でもやる奴だ、同類だって思わせます」

腕組みをしてしまった加納に、池端はなお「悪いほうに考えたら何もできません。ほかに方法思いつかないし、私がやるのが一番いい」と言いつのった。

「加納さんが認めてくれなくても、一人でやります。もう決めました。邪魔だけはしないでくださいね。うまくやりとりの録音ができたら提供しますから」

「バレた時はどうする？　専制君主だぞ。実際相当な力があるらしい。ひどい目に遭わされるんじゃないか」

「だから、多少のリスクは承知の上なんです」

押し問答の末、加納も腹を括《くく》った。

「止めないよ。僕が力になれることはほとんどなさそうだけれど、責任を取る。僕が池端さんに頼んだ恰好《かっこう》にしよう」

「必要ありません。黙って見ててもらえば。経過は適宜報告します」

平行線になりそうなので、加納は「いつ行く？」と話を変えた。

「早いほどいいですよね。もたもたしてたら同じことが繰り返される。被害者が増えます」

「その通りだけど」

「私、ずっと割の合わない目に遭ってきました。弱い者を踏みつけにしておいしい思いをする人は許せません」

感情をここまで露《あら》わにする池端は初めてだった。

具体的な手順を二人で考えた。

募集は随時だし、人手不足だから身元の詮索《せんさく》などされるまい。東京暮らしに疲れて、地方に引っ越してきたとでも言えばいい。勤務地の希望も聞いてもらえるはずだ。

まずは住まいを借りる。加納が費用を負担することにした。池端はそれも断ろうとしたが押し切った。

長い期間いるつもりはないにしても、礼金敷金まで含めれば結構な額になる。加納だって楽には出せないが、隆太の教育資金として貯めていたものを一部崩すことにした。そのくらいしないと申し訳がたたない。

三枝や山瀬にも伝えるか、頭をよぎったが黙っておくことにした。社内手続き的にはあまりに問題の多いやり方で、巻き込むに忍びない。

ハードルはいっぱいあるしどれも高い。もはや永和と無関係の、それも若い女性に挑んでもらうこと自体、正気の沙汰《さた》でないようにも思える。

一方で、わくわくするところもあった。

妻の晴美は敏感に察したらしく「何かいいことあったの？」と訊《き》いてきた。

残念だが晴美にも当面は話せない。それでいて家族の資金をつぎ込んでしまうのが心苦しいが、永和生命を救うためなので許してもらおう。

もっとも、失敗したら本当に、会社の破綻《はたん》を待たずして加納が追放されるかもしれない。

うまくいったところで組織秩序に対する反逆に違いなく、難癖をつけられる可能性は大きい。その時は仕方ない。また新天地を探そう。

山瀬には、彼にとって必要なことだけを簡単に伝えた。

「漏れてたのはしょうがない。社内に多少広まるのは常務も想定されてる。騒ぎ立てられなきゃいいんだ」

ほっとしたように言われた。

加納は、妖精《ようせい》さんに立ち向かう心を新たにしていた。自分はそちらに全力を尽くす。

池端に「絶対中途半端にしない。安心してくれ」と啖呵《たんか》を切ったのだ。約束は守らなければならない。彼女への、それが恩返しだ。

11

竹内ゆかりの在籍する営業所は、岐阜県では何番目とかの市にあった。といっても駅前に七、八階建てのビルが多少並ぶくらいで、その一つにオフィスを間借りしている。

電話で聞いた通り、営業所を訪ねるとその場でペーパーテストを受け、採用が決まった。中学生レベルの一般常識、漢字だったから、ほぼ誰でも受かると思う。

普通なら、岐阜市の支社で一ヵ月間、保険の種類や関係する法律について講習を受け、業界共通の資格テストに合格してから、実践的な研修が始まる。

しかし池端美紀は、講習は不要と言った。早くユカテリーナに接近したい身としてはまどろっこし過ぎる。

「前から生保レディになりたいと思って、自分で勉強してたんです」

人事の経験しかないが、生命保険に関するひと通りの知識は身につけていた。正社員に負けたくない気持ちからだったけれど、思わぬところで役立った。面食らった様子の営業所長も、とりあえず認めてくれた。

うまい具合に、その月のテストが数日後にあり、受けた結果は見事合格。今後のスケジュールを相談するため改めて営業所へ行った。

昼過ぎだったのでほとんどのレディたちは外回りに出ているが、デスクワークやアポ電入れ、あるいは休憩のために時々営業所へ戻ってくる。その都度、新人として自己紹介した。

「結婚してるの？」

大抵の相手が訊いてきた。年齢が上がるとほぼ一〇〇パーセントだ。していると答えたら、子供のありなし、人数、年齢、性別、夫については年齢、仕事、なれそめと根掘り葉掘り質問されるのだろう。

「まあ、子供は早くつくらないとダメよ。お相手いないの？　ああ、東京暮らしに疲れてとかだったわねえ」

独り合点して、「よかったら紹介するわよ」なんて嬉《うれ》しそうに言う。

竹内と会えたのはほどなくだったが、実物を目にして度肝を抜かれた。

想像と違ったわけではない。あまりに想像通りというか、延長線上の彼方《かなた》に竹内はいた。

大きな帽子は何帽と呼ぶのだろうか、つばの広さは麦藁《むぎわら》っぽいが天辺が平たい。周りに太いリボン状のものがうねうね巻き付いている。皇族の女性が被《かぶ》っておられるようなのに若干似ているけれど、ボリューム感が数倍だ。

その帽子とスーツすべて、蛍光が入ったような緑。靴も金色の金具がついたぴかぴかのパンプスだが、転ぶのが怖いのかぺったんこに近いローヒールだった。もちろん、ひと目で分かるハイブランドのバッグがコーディネートされる。

営業所長らと応接セットで話していた池端を見つけるなり向こうから近づいてきた。

「まあ、あなたが一発合格の新人さあん？　竹内ですぅー」

歌うような節回しで声をかけられ、どぎまぎしてとっさに返事ができない。

やっと名乗り返すと、竹内はさらに歩を進めて距離を詰めた。抱きつかれるかと思ったくらいだ。

「期待してるわぁ」

両手で握りしめられた手が痛い。

「すごい方なんだって、お噂、耳にしてました。一緒に働かせていただけるなんて光栄です」

「全然そんなことないのよぉ。年とってるだけー。でも分からないことあったら何でも訊いて頂戴《ちょうだい》ねえ」

下げていた頭を元に戻した時、池端は竹内の後ろに三、四人のレディがおり、絡みつくような視線を向けてくるのに気が付いた。全員、すでに挨拶《あいさつ》は済ませていたのだが。

竹内がふり返り、「じゃあ行きましょうかあ」と言った。

「はい」

残りのレディたちは声を揃え、手をひらひらさせて出てゆく竹内に従った。

いつの間にか所長が立ち上がり、腰を九〇度に折って見送っていた。

本当に偉いんだ——。

奇矯ではあるけれど今見た範囲、特別居丈高に振舞っているわけではない。そもそもあんな調子で保険など売れるのか？　名士をたくさん客にしているとか、ちょっと信じにくい。

「すごい人なんですよね」

本人に言ったのと同じことを所長にぶつけてみる。

「池端さん、この業界未経験なんですよね。そこまで有名なのか。かもしんないなあ——」

考え込むような顔になって、逆に「どんなこと聞いてます？」と尋ねてきた。

「細かい話は知らないですけど。セールスが全国でもダントツのトップだとか。何十億？」

「まあね」

所長は言った。ほっとしているようにも見えた。やはり外部に出ると困ることがあるのか。

「どうしたらそんなに売れるんでしょう」

「一朝一夕には無理だなあ。長ーい年月積み重ねてきたものが花開いてるんですよ、長くやれば誰でも竹内さんみたいになれるってわけでもないけどね」

「違いを知りたいです」

「そうねえ」

所長が薄く笑った気がした。

「貪欲《どんよく》ってことじゃない、何にでも」

「例えば？」

「本人に聞いてみたら。あの通り、気さくな人ではあるから」

とりあえず今は深追いしないほうがいいようだ。

翌日から、ロープレと呼ばれる研修が始まった。ロールプレイング、役柄を演じるということで、先生が客役、生徒は営業員役になって立ち居振舞いを学ぶ。

先生といっても専任ではなく、レディの中から選ばれる。池端についたのは、年齢も池端と十は離れていなそうなシングルマザーだった。男の子が一人、小学二年生だという。

名刺の渡し方だとかも池端には必要なく、すぐトークのコツに入った。

「初めまして、永和生命の池端と申します。お忙しいところ済みません。今日は私どもの新商品を」

「ストップ」

十秒しゃべったかしゃべらないうちに止められた。

「初めてのお客さんに、のっけから商品説明はNG。ガツガツしたら引かれちゃう」

事務処理の仕事しかやったことがないのでそのあたりの呼吸が分からなかったが、なるほどと思う。

「お住まいの地域を担当することになりましたのでよろしく、だけで十分。せいぜい、保険のお悩みがありましたら何でもお聞かせください、くらいだわ」

と言ってから彼女は続けた。

「分かってるんだけどね。難しいの、気持ちを抑えるのが」

「先生でもですか？」

「ノルマがねえ」

月二本の契約が取れれば何とかなる。しかし、それくらいだったらと思うのは大間違いらしい。

「たいていの人はもう生命保険入ってるもん。受け持ちエリアが千五百世帯だとしてさ、手つかずのところなんてほとんどないわけ。掛け金を増やすのでなきゃ、乗り換えてもらうことになるでしょ。でもよその保険屋さんも同じこと考えて回ってるからね」

正直なところ、各社の商品に大した違いはない。とすると結局は客とどこまで仲良くなれるか。

「教科書的には礼儀正しく誠実に、よね。向こうの情報を集めるのも大切。仕事、家族構成、人間関係、趣味。話のきっかけになるでしょ」

レディたちが揃って、結婚しているか訊《き》いてきたことを思い出した。岐阜だからと考えていたが、職業的習慣かもしれない。あるいは詮索《せんさく》好きがレディになるのか。どちらかというと後者な気がするが。

「その先は人によっていろいろだわ。とにかくまめに顔出すとか。手紙書いたり、ちょっとしたプレゼントしたり」

折を見て、竹内のことを訊《たず》ねてみると先生は間髪を容《い》れずに言った。

「あの人は神よ」

女帝よりもっとすごいということか。

「このあいだ竹内さんの誕生日パーティがあったの。私なんかもちろん出られないんだけど。岐阜のホテルで、発起人が前の知事さんだって。偉い人いっぱい来てさ。五百人くらい集まったとか言ってたかな」

なるほど感心するしかない。

「そんなパーティしてもらおうとは思わないけど、太いお客さんは羨《うらや》ましいよねえ」

経営者などだと、個人として高額の保険を掛けるのはもちろん、会社の福利厚生として、従業員を一括して医療保険に入れてくれることもあり、売り上げを一気に増やせる。

竹内は、高度成長期と言われた時代からあちこちの会社に入り込んで保険を売ってきた。将来有望そうな若者には特に熱心に近づいて、しばしば商売抜きで相談事に乗ったり、相手の仕事を助けてやったりした。

そのうちの少なくない数が実際に出世して、彼女の今を支えている。有力者は別な有力者を紹介し、竹内の人脈をさらに強大にする。所長が言う「積み重ね」だろう。営業所の枠など関係なく、県外にまで客を持つ竹内は、契約保険金の合計が年間百億を超えたことがあるらしい。レディの月給は契約保険金の〇・三パーセントが目安というから、本人も相当な金持ちだ。

もろ手を挙げて褒める気にならないが、ファッションにはかなりかかっていそうだ。西洋アンティークや絵などたくさん持っているという。ほかのレディを集めて奢《おご》ることもしょっちゅうだ。

先生は加われていないようだけれど、特に竹内と近いグループには、さばき切れない仕事を手伝わせたり、回してくれたりする。それだけに寵愛《ちょうあい》をめぐる争いが絶えない。

だからなのか――。

昨日のことを思い出した。

グループのレディたちと待ち合わせてお茶にでも行くところだったのではないか。竹内が池端に好意的な態度を示したから警戒したのだ。この先生からは竹内の悪い話を引き出せなかったけれど、先生はちょくちょく交替した。自分の営業があるのだから当然だ。

「ユカテリーナって、若い子をひいきするのよ。使い道があるからね。それであなたにも目をつけたんじゃないかしら。ひよっ子だととって代わられる心配もないし。親切なだけじゃないよ」

初対面の模様を話すや、あっさりあだ名のほうを口にしたのは、この仕事を始めて二十年になるという兼業主婦のレディだった。

「ユカテリーナなんて呼ばれてるんですか」

びっくりしたふりをしつつ、「そんなに怖いんですか」と探りを入れる。

「睨《にら》まれたらやってけないよ。あの人が直接なんかしてくるわけじゃなくてもさ、取り巻きにいじめられるのは目に見えてるし。だいたい正社員がみんないいなりだもの。

あたしたちの査定を好きにできる、生かすも殺すも胸ひとつってことだよ」

「稼いでると、何でもできちゃうんですか？」

「この世界じゃ正義だからねえ」

彼女はため息をついた。

「どこだって同じだろうけど。お金に縁がないのは惨めよねえ。亭主の稼ぎが悪いからしょうがなく働いてるのに、疲れるばっかでちっとも儲《もう》からないよ」

「そのうちどーんといけますよ。『積み重ね』なんでしょう？」

「あたしなんかだめだわ。人を見る目がないもの。亭主選びで失敗したのと同じ。昔よくしてやった客も全然偉くなってくれないし」

苦笑いされて、池端もちょっとがっかりした。竹内と他のレディの違いが人を見る目では、尻尾《しっぽ》を捕まえる手がかりにならない。

そんなことないでしょう、などと適当に応じていると、相手は「ま、ユカテリーナの客筋もだんだん細ってはきてるんだけどね」と、自分を慰めるように言った。

「どうしてですか」

「お客さんが歳を取り過ぎたんだよ。引退する人もかなり出てきてる」

誕生日パーティの発起人は、「前の」知事だった。

「新しい世代の人は、義理や人情のセールスが嫌いなことが多いしね。昔のやり方がどんどん通用しなくなってるじゃない。あたしたちを出入りさせてくれる会社なんか、もう少ないし」

昔はどこの会社にも昼休みになると生保レディが営業にやってきた、なんてことは、池端も永和で働くまで知らなかった。

「ネット保険には値段で太刀打ちできない。人間の営業自体、いつまで続けられるんだろうってところあるよね」

「確かに。でも、そんな中でダントツのトップセールスを守り続けてる竹内さんって本当に」

そこで池端ははっとした。

今まで、竹内にまつわる話を聞くうちに、普通に能力の高い人なんじゃないかと思えてしょうがなかった。どうして認知症の客にまで手を出す必要があるのか疑問が湧くほどだった。

栄華は一度味わったら忘れられないものなのだろう。

「必死になってんのよ。ヤバいことにも手を出してるよ。つい半月くらい前、正社員が相当泡食ってた。いよいよかしらって思ったくらい」

「ヤバいことって？」

「言えない。私だって、会社での立場、自分から悪くしたくないもの」

思わせぶりな間を置いてから彼女は続けた。

「でも想像できるんじゃない。売り上げ、何が何でも伸ばしたいって思ったらどうするか」

夜になり、がらんとしたワンルームに帰ってきた池端は、唯一の家財といっていい布団に寝転がって、スマホで加納英司に送る報告メモを作った。

最後にはこう書いた。

〈もう世の中に合わなくなって退場するべき人が、地位とかお金とかにしがみつこうとするからおかしなことになるんです。ユカテリーナも妖精《ようせい》さんたちもまったく一緒だと思います〉

しばらくして、加納から返信があった。

〈悪くないペースで進めていると思う。無理しないで、着実に迫っていこう。くれぐれも用心を忘れずに。

妖精さんも手強《てごわ》いけれど、必ずやっつけてみせる。だから池端さんは、ユカテリーナに集中してください〉

12

しばらくぶり、といっても四、五日見なかっただけだけれど、常務室に加納を迎えた三枝は頰の肉が少し落ちたみたいに見えた。それくらいの心労があったのだろう。

「加納さんにもご心配をおかけしますね。私の力が足りなくて」

不満もあったが、本人に先に切り出されると口にできない。

「とんでもないです。次に期待しています」

自分がその武器を調達すると心に秘めている。

「今はPIPのほうを進めましょう」

「もちろんです。そちらにまで悪影響を及ぼしてしまってまったく申し訳ない」

「レポートは読んでいただいたのですね」

前日にメールで送っておいた。池端美紀を岐阜へ送り込んだあとペースを戻して仕上げた。

嘘を書くわけにはいかなかった。企業イメージの低下、社内の反発など、強硬路線を取った場合には相当大きなものになるのが、調査会社を使ったアンケートや、他企業での例から予想された。

妖精さんへの支持は予想を上回って広がっている。戦いが厳しい情勢なのは間違いない。

ただ、管理職に加え、将来のエリート候補層を中心にした労働意欲の高い層は、妖精さんを一掃してほしいという要望を持ち続けている。

つまるところどうやっても分断が深まるわけだ。既存労働組合の幹部は実際、頭を痛めはじめている。

「どちらかを選ばなくてはいけないなら、結論は考えるまでもないと思います」

「同感ですね」

三枝が大きくうなずいた。

「すでに軋轢《あつれき》が起こっていたわけですから。状況が悪くなるわけじゃない。企業イメージのほうは、コスト削減を保険料に反映できればおさまるでしょう」

経営資源の観点から問題をとらえる三枝としてはそうなるのか。加納には第一に、楽においしい思いをしたいという妖精さん根性への怒りがある。しかし目指すところは同じと確認できた。

「であれば、次に問題になるのは、所属長さんたちが気持ちとうらはらに怖気《おじけ》づいてしまっていることです。何とかしないと、退職勧奨に持っていく根拠を作れない」

「査定に響くと言ってもだめですか」

「効果ゼロとは申しませんが、やはり若いころに受けた恩義は無視しにくいものです。私も含めてですけれど、所属長さんの年代はまだそういう感覚が生きていると思います」

不満そうな表情を三枝が浮かべた。

「ここに来られたからには、勝算があるのかと」

「魔法のような妙案は見つかっていません。ここは、前に常務もおっしゃっていた気《き》魄《はく》を見せるしかないでしょう」

「と言うと？」

「突撃隊になるんです。所属長さんたちに勇気を出してもらうために」

人事課で先行して退職勧奨を出す。

気魄というほどのこともない。奥地文則が人脈を駆使しても、人事課長に手を出そうという妖精さんを見つけるのは簡単でないだろう。

しかもこの件に関しては、加納が事実上、人事課の所属長だ。山瀬忠浩は汚れ役をはじめから免れている。

人事課の部屋に戻ると、奥地はちょうど席を立ちかけていた。月末を乗り切れたことでもう大丈夫と勘違いしているらしい。

「どちらへ？」

「どこだって」

いいだろうと言いかかったふうな奥地だが、ただならない圧を感じたらしい。

「いけないのかね」

「先月、手も足も出ないご様子だったのはとりあえず置くとしても、こっちが追及しないのをいいことに知らんぷりはいかがなものでしょう」

もともと当てにしていなかったから、割り当てた給与計算も初めから若手の人事課員にやらせていたけれど、悪びれたふうさえなかった。

「知らんぷりってわけじゃないよ」

たじろぐ奥地に加納は畳みかけた。

「このあいだほったらかしになってしまったのは痛恨でした。もう手加減しませんよ」

「ずいぶん勇ましいじゃないか。私たちの味方も少なくないのを忘れてるんじゃないのかね」

「理解してお話ししています。私は、みなさんが好き放題に振舞ってておられては会社が滅ぶと思っています。滅んでもいいと思っている方たちから吊《つる》し上げをくっても構いません。覚悟はできています」

奥地は黙って立っている。

「お引止めしましたね。お出かけじゃなかったんですか」

「構いませんよ。お好きなところへどうぞ。ですが報いはきちんと受けていただきます」

「いや――」

まだ奥地は高を括《くく》っていたかもしれない。ふてくされた顔でそのまま出ていって、一時間以上姿を見せなかった。

その間に加納は新たに給与計算を割り当てる社員の一覧を、今度は名簿でなく、社員番号で指定して奥地にメールで送っておいた。名前はもちろん、どこの課にいるのかさえデータベースを使わなければ分からない。

「しかも、先月より増えてるじゃないか」

やっと戻ってきた奥地が気づいて抗議した。

「すぐどこかへ消えてしまわれるのは余裕の表れじゃないですかね。他に仕事をなさっているようでもありませんし」

「やっていないと何を根拠に決めつけるんだ?」

「はっきりさせておきますが」

加納は奥地の目を見据えた。

「成果が出なければ働いていることになりません。世界標準です。二十世紀の日本では必ずしも適用されていなかったかもしれませんが」

「一応訊《き》いておくが、もし――あくまで仮の話だ――間に合わなかったらどうするのかね」

「もちろん、辞めていただくようお願いすることになります。申し添えておきますが、不達成の程度によっては即、解雇もあり得ます」

本気をようやく悟ったのだろう、奥地は加納を睨《にら》み返すとどすんと椅子に座った。

パソコンをいじり始めたが、データベースにアクセスしようとしているふうではない。

彼はいまだにほとんど使えないはずだ。ほんの一時期、習得を試みてはいたが、妖《よう》精《せい》同盟が結成されて力を発揮しだすとまた放り出し、わずかに憶《おぼ》えたことも忘れてしまったに違いない。エクセルも同様だ。

今奥地は、休みなくキーボードの上で指を動かしている。彼がやるとその音が、機関銃のようというより算盤《そろばん》を弾《はじ》いているみたいに聞こえるのが笑えるが、あんなスピードでできることはいくつもない。

誰かが後ろに近づくとさっとパソコンを閉じる。加納が「見せて下さい」と言ったら「嫌だね」と拒んだ。しまいには、パソコンを持ってまたどこかへ消えてしまった。

予想通りだった。

次の朝、山瀬が、妖精さんの接触を受けたことを知らせてきた。山瀬の元上司で、自宅に電話してきたという。

「向こうも腰引けまくってるんだけどさ」

それはそうだろう。奥地からすれば動いてくれる人間が見つかっただけでありがたい話だ。

「奥地さんに言われたから一応伝えとくと」

「分かりました。知らせてくださってありがとうございます」

「どうするんだ？」

「その妖精さんにも少し痛い目を見てもらうことになりますが、山瀬さんのせいにはなりませんからご安心ください」

加納はすぐに、全社員への一斉メールを送った。

〈平素より構造改革推進室の業務にご理解、ご協力いただいておりますこと、心より御礼申し上げます。

さて残念な事案がございましたので、他山の石としていただくべくご報告いたします。

ＰＩＰ対象者である人事課員、奥地文則氏につきまして、前日夜、山瀬忠浩人事課長の私宅へ架電して、達成目標が高すぎるのではなどとおっしゃった方がいらっしゃいました。

その方は、山瀬課長の上司だった経歴を持ち、現在やはりＰＩＰ対象者となっておられる〉

　実名を出しておいて加納は続けた。

〈ＰＩＰの公正性をねじ曲げようとするまことに遺憾な事案と申すほかございません。そしてこのようなことが起こった大本の原因といたしまして、ＰＩＰによって職を失うと危惧《きぐ》した奥地氏が、山瀬課長に影響力を発揮できそうな人物に不正を依頼した事情が認められます。

　奥地氏は、以前よりＰＩＰに反対する立場を公にしておられます。それ自体が処分理由になることはありません。

　しかし今回のような行動は、ＰＩＰの結果と別に、退職勧奨、あるいは解雇の根拠として評価される可能性があります。

　他部署でも類似の事案があるやの情報を把握しています。心当たりの方は、自重、自戒なさいますようお願い申し上げます。

　なお人事課のＰＩＰ業務は、構造改革推進室が委託を受けて実施しております。そのため山瀬課長は事案について、室長である私に相談されました。このような形で公にすることを含め、全責任を私が負っていることを付言いたします〉

　ついに奥地は震え上がった。

同盟のメンバーも危機感を抱いた。毛利基が目をぎょろぎょろさせて怒鳴り込んできた。

「脅迫じゃねえか」

奥地が「私たちの味方も少なくない」と口にしたのは脅迫でなかったのか。

憤りを覚えつつ反論した。

「事実を明らかにしただけです」

「先輩が後輩に意見して何が悪い」

「現在の職制、職務と無関係な人間関係を使って圧力をかけるのが不正だと申し上げています」

さらに毛利は喚《わめ》きたてたが、一歩も引かない構えを崩さなかった。

「まずはお膝元《ひざもと》で一人、血祭に上げようってわけだ」

息を荒くしているのに「あんまり興奮なさると心臓によくないですよ」と言ってやる。

毛利にも、加納が同好会を訪れた話は伝わっていたようだ。

「絶対に入れてやらねえからな。どうせトラベリング連発のへぼなんだろうが」

「少なくともフルタイム出場できますよ。じゃないから引退なさったんでしょう？」

「ほざけ。ともかくお前の思い通りには絶対させねえ」

この経緯を池端に報告できて、やっと少し肩の荷を下ろせた気分の加納だった。

しかし毛利があぁ言ったからには必ず反撃してくるだろう。

どんな手で来るか。またホームページで世論に訴えるのか。身構えていたら意表を突かれた。

奥地はITツールに改めて取り組みだしたのだ。それも前回を遥《はる》かに上回る必死さで。

ダウンロードしたマニュアルを読んでいるのを目撃して、加納は人事課員たちに誰かが教えたのか尋ねた。みんな首を振った。頼まれもしていないという。

溝口悟か。

ちょっと動揺した。毛利は奥地に檄《げき》を飛ばすとともに、同盟メンバーをサポートにつけたようだ。

しかしどう頑張ったって使いこなすところまではいけないだろう。

社内データベースはともかく、エクセルの表計算機能はマニュアルを読んだだけで自由自在というわけにいかない。技能検定もあるくらいで、給与計算を正確にこなせるようになるには妖精さんでなくともそれなりの時間が必要だ。

奥地は呪詛《じゅそ》めいた言葉をつぶやきながら、それでもプリントアウトしたマニュアルとパソコンの画面をかわるがわる睨み続けた。

ある時また席を離れたが、パソコンとマニュアル、両方抱えていった。ということはよからぬメールのためではない。

池端美紀がいなくなったあと室員は補充されておらず、加納自ら後をつけた。奥地はエレベーターに乗り込んだ。ドアが閉まってから駆け寄って数字が変わってゆくのを確かめる。止まったのは社食のある階だ。次のエレベーターで追いかけた。

奥のテーブルに奥地がいた。早朝ではないけれど、ランチタイムにもはずれているから人はまばらだ。そこにひょろりとした男がやってきて、奥地の隣に座った。

溝口だ。

パソコンを広げた奥地の横で、溝口が何か言う。奥地はうなずいたり、頭を掻《か》いたりしながらキーボードを叩《たた》き、マウスを操作する。

ふと顔を上げた溝口に見つかってしまった。

互いに目を合わせたまま固まる。ややあって溝口が奥地の脇をついた。

加納は歩み寄って言った。

「人の助けを借りてはいけません。溝口さんも手出ししないでください」

奥地は憤然と反論する。

「どうしてだ。それで能力が上がるんなら文句ないだろう」

「少なくとも溝口さんにとって、奥地さんの指導は本来の業務じゃないはずです」

溝口も何か言いかけたが、制して奥地は立ち上がった。そして加納と一緒に部屋へ戻ると、時間が勿体《もったい》ないというように首っぴきの猛勉強を再開した。

何がしかの形でその後も溝口から教わっていたとは思う。だとしても奥地は思ってもみなかった着実さで習熟を深めていった。

一週間後には、給与計算対象者のデータをエクセルに読ませる作業を始めたのを確認した。

バラバラに打ち込んでいたら途方もない作業になってしまうし、ミスを防ぎきれない。しかしデータの形式を適切に変換すれば、自動的にエクセルが取り込んでくれる。奥地がやっていたのはまさにそれだ。ということは、アルゴリズムも出来上がっているのだろう。データが取り込まれた後は、コマンド一つで計算が終わる。あとどれくらいかかるか。増やしたとはいえ、通常、ひと月分とされる量を超えてはいない。

加納は焦った。クリアされたら、奥地は大手を振って会社に居座ることになる。所属長を集めた会議で、そうならないようにと注意した失態を自分で演じてしまうわけだ。

妖精《ようせい》同盟を慌てさせ、溜飲《りゅういん》を下げたのは一瞬だった。

奥地が作業を進めるスピードは徐々に速くなってゆくようだ。壁にぶつかってくれるのを祈るしかない。

突撃隊が討ち死にでは後が続く道理がない。責任を果たせないだけでなく、大ブレーキになるなんて面目丸つぶれだ。

七月に入って両手に余る日数がようやく過ぎ、やっと半分まで来た。

なんとか逃げ切れないか――。

昼間が長い季節の、終業時間が近づいてもまだ高い夕陽を部屋の反対側にある窓越しにぼうっと眺めていた時だった。

視界が遮られ、デスクに影が落ちた。

「加納くん」

奥地がそこにいた。いつも行儀よく撫《な》でつけられている白髪交じりの七・三分けが、乱れてところどころ逆立ち、鬼の角みたいに見える。血走った目に、不気味な光が宿っていた。

「まだ三分の一を超えたくらいだが、終わった分を先に渡しておくよ。今流だと、メール添付で送らないといけないのか？　ご希望ならそうするが」

汚らわしいもののように指先でつまんだメモリースティックが差し出される。

加納の頭の中では、奥地の言葉がぐるぐる音を立てて回っていた。

「君に言いつけられた給与計算だよ。忘れたのか？」

「忘れるなんて」

「そりゃそうだよな」

奥地の口角がわずかに上がった。

「この週末はゆっくりさせてもらうよ。ちなみにお伝えしておくと、データを入れ始めてから今日で五日目なんだ。月末までには余裕でおしまいにできると思うから安心してくれ」

帰り支度をして悠然と出ていく奥地を見送ってから、スティックの中身を確認した。

美しく数字が並んでいた。何度見返しても項目に過不足はなく、フォーマットも完《かん》璧《ぺき》だ。

身体中から力が抜けていった。人事課員たちの目が自分に注がれている。山瀬が出張でいないのがせめてものことだったが、知られるのが多少遅くなるだけだ。

「見せてもらっていいですか」

本来の給与計算担当である課員に言われて、加納はメモリーを渡した。何を期待したわけでもない。拒む理由を思いつかなかっただけだ。

「間違ってますよ」

「え？」

課員が画面の一点、等級による基礎額が表示されている枠を指した。

「一等級分ずれてるんです」

別の社員の画面に切り替える。

「これもですね。多分、アルゴリズムを書く時に一列見間違えたんじゃないかな。チェックしたらすぐ分かったはずなんだけど」

「やるべきことをやってなかったってわけか」

顔が熱くなっているのが分かった。失われた力が戻ってきた。

ITツールをものにできた嬉《うれ》しさで、奥地は浮かれていたに違いない。ざまあみろ。細かい数字を扱う時は特に、間違いがないよう万全を期すのが事務の基本だ。

ただ、すぐにミスを指摘したら、週明けにアルゴリズムの修正をするとして、一からデータを入れ直しても間に合う可能性が残る。

そのことに課員も気づいたのだろう、探るような視線を送ってきた。

「黙っていよう。来週いっぱいくらい」

怯《おび》えたような表情をよぎらせながら、それでも課員はうなずいた。

13

加納さん、本当に頑張ったんだなあ。

奥地文則が休職に追い込まれたと知らされて、池端美紀は頬が緩むのを感じた。

ＰＩＰの強化を宣言したことが詳しくメールに書いてあったものの、その後連絡を取り合う中であまり触れられず、うまくいっていないのか、だったらこちらから尋ねて責めているみたいにとられたら嫌だし、と控えていた。

達成度チェックのタイミングが迫る中で、給与計算を終えられないと観念した奥地は、人事課の部屋で聞くに堪えない罵詈雑言《ばりぞうごん》を撒《ま》き散らしたあげく、自ら休職を申し出たらしい。

退職勧奨の前に先手を打ったつもりだろうが、明確な理由のない休職が長引けばいずれ解雇される。

妖精同盟の一角がついに崩れた。これを機に、永和が真面目に働く若者に報いる会社に変わってゆくことを願う。

私も頑張らなくっちゃ。

岐阜に来てから一ヵ月近くが経った。当初は、ユカテリーナに関わるらしいきなくさい匂いを時たま感じたが、すっかり消えてしまった。本社でもその件は終わったことにされたのだろう。

しかし、次がいつでも起こりうる状況になったとも考えられる。

研修はロープレから、いよいよ先輩レディの営業に同行する段階に移った。竹内ゆかりのしっぽを押さえるというゴールに向けて、スタートラインに立ったわけだ。

しかし今のところ竹内本人に近づけているとは言いにくい。

まともに言葉を交わしたのは初日だけだ。あとは挨拶《あいさつ》程度で、仕事を教えてほしいと頼めるようなチャンスはなかった。

そもそも竹内は毎日営業所に来るわけではない。在籍している五十人弱のレディには八時半の朝礼に出ることが義務付けられているが、遠くまで忙しく飛び回る竹内をそんなもので煩わせられない。

来たら来たで、いつも例の取り巻きたちが周りをガードしている。ド派手な服装のおばあちゃんと後をぞろぞろついていく彼女たちを見ると笑ってしまいそうにもなる。

まだ一度も同じ服、帽子を見ていない。それでいて印象はいつも同じなのが凄《すご》いといえば凄い。いくつ持っているのか。しまう場所がよくあるものだ。帽子用のトランクルームでも借りているのだろうか。

しかし、少なくとも表立って揶揄《やゆ》するなど思いもよらない。

支社長が成績優秀者を表彰するため営業所にやってきた時も、竹内には膝《ひざ》まずかんばかりに接していた。そして彼女以外で表彰されたほとんどは、取り巻きのレディたちだった。

　ある日、その一人、安岡玲子《やすおかれいこ》が先生になった。四十を少し過ぎたくらいの兼業主婦だ。

　初日に警戒心を露《あら》わにした中にもいたが、それからユカテリーナが特に池端に構うそぶりを見せないせいだろう、「よろしくお願いします」と挨拶したら案外愛想よく微笑み返してきた。

「東京で何やってたの？」

「事務系いろいろです。派遣会社にいたもので」とだけ答えておく。

　嘘ではない。家族関係ほどには向こうも興味がないようで、やりとりはおしまいになった。

　朝礼のあと、安岡の軽自動車で一緒に街に出た。

　駅前から少し離れると、ぽつんとそびえる市役所のほかは低い建物ばかりになる。畑もちょくちょく交じる。

「このへんからはじめようか」

　住宅街にさしかかったところで安岡が言った。

　しかし車を停めたのはさらにずいぶん走った先のコンビニだった。東京と違って建物の五、六倍の広さがある駐車場付きだから停めること自体に問題はなさそうだけれど、途中でいくつかコインパーキングも見かけた。

レディたちは、いつも会社の裏のコインパーキングを使っているのだが。

「あそこは通勤用だから駐車場代出るんだけどね」

他は自腹らしい。安岡は当たり前でしょうと言わんばかりだった。

そうか、営業社員は、社員の名はあるものの雇用されているわけでなく、永和生命から業務委託を受けた個人事業主なのだ。

商品説明のパンフレットなどもすべて買い取りとは説明されていた。一枚数十円だけれど、千戸を超す受け持ちエリアに漏れなく配れば万円単位でお金が飛んでゆく。

「池端さん、そういうとこちょっと抜けてるかもね。鷹揚《おうよう》っていうか」

「そうでしょうか」

「そうよ。保険のことよく知ってたってさ、資格試験前の講習要りません、なんて人まずいないもの。経験者だって受け直すのが大抵よ。絶対そのほうが得だから。逆に研修期間だけで辞めようとするのがいるくらいだよ。聞いたことなかった？」

生保レディの実入りは歩合がほとんどだ。しかし研修期間中は固定給がある。人集めのためだが、ハナから働く気がない手合いは貰《もら》い逃げを狙うという。

現場の実情を分かっていなかったのを改めて自覚する。

「実家がお金持ちとか？」

「とんでもないです」

「それは残念ね。最初はみんな、家族、親戚《しんせき》に保険入ってもらって売り上げを作るものよ」

梅雨が明けて半月、気温は朝からぐんぐん上がっていた。車の中から見ても、ものの輪郭が歪《ゆが》んで感じられるくらいで、太陽に焙《あぶ》られながら歩き回るのは正直こたえた。レディたちは口を揃えて日焼け止めをしっかり塗るよう池端に注意し、自らも実践している。それでも肌は相当ダメージを受けるだろう。

そして飛び込み営業の成功率の悪さも、さんざん脅かされた通りだった。いや、覚悟を持たせるには足りなかったかもしれない。

まず、インタホンを押しても留守のことが多い。

「専業主婦なんて今時滅多にいないから。私が文句言える筋合いじゃないけど」

相手が出てきても、セールスはおろか世間話までたどりつかない。

ロープレで「最初に会社名を言わない」ようにとは教わっている。「間に合ってます」で瞬殺だからだ。

「こんにちは！」

精一杯元気な声を作って呼びかける。

「こちらの地区の担当としてご挨拶にまいりました！」と続くわけだけれど、それで素直にドアを開けてくれはしない。

「どちらの方？」

向こうから聞いてくる。

「永和生命の」

「間に合ってます」

プツリとなる前に「パンフレット、ポストに入れときますので、よかったら」と叫ぶ。

「ゴミ箱直行って分かってんだけど」

つぶやきながら安岡は元手のかかったパンフレットを取り出すのだ。

やっとドアが開いた家も、木で鼻を括《くく》ったようなやりとりで追い返された。

「こんなものよ」

安岡はけろっとしている。

「落ち込んでたら保《も》たないから。でもやらないと結果も絶対に出ない。私は一日何軒って決めて続けるようにしてる。ほんとはもっと回るんだけど」

今日は研修だから切り上げ、別の仕事を体験してみましょうとのことでいったんコンビニに戻った。ちょうどお昼時で、安岡はサンドイッチ、池端はおにぎりを買って車の中で食べてから移動する。

次は車を停める苦労がなかった。駐車場のある酒屋だったからだ。一応、法人営業ということか。

安岡は店に入っていって、前掛けをした若い男に「社長はどちらあ？」と尋ねた。

「あ、一時でしたっけ。奥で待ってますよ」

レジの横から入っていくと事務スペースがあって、社長がスマホを耳に当てていた。手振りで椅子を勧められたが安岡は座らない。池端も座れない。

数分で電話は終わり、社長が「すまんすまん」と言いながら立ち上がった。安岡は、岐阜では有名な洋菓子屋の紙袋からクッキーの詰め合わせを取り出した。

「いえ、こちらこそお忙しいところにお邪魔しちゃって。いつもありがとうございます」

馴染《なじ》みの客相手だと、しゃべり方が少しユカテリーナっぽくなるようだ。

「研修中の新人も連れてきちゃいましたあ」

池端が挨拶すると、頭頂が少し寂しくなった社長の表情がかすかにでれっとした。

いつぞやの先生が、若い子には使い道があると言ったのを思い出した。安岡もそのあたりまで考えていたのか。さすがユカテリーナの取り巻きだ。

「このあいだちょっとお話ししましたけど、今度の更新から保険料が結構上がっちゃうんですよお。年齢で決まってるんでえ」

「なんだってな」

テーブルに広げられた契約書を池端もわきからのぞきこむ。終身保険と定期保険を組み合わせた契約だ。定期保険のほうが来月で十年の満期を迎える。

「でもですねえ、このあいだ社長にぴったりな新商品が出たんですよぉ。掛け換えてもらったら、保険料はほとんどそのままでいけますぅ。今、すごく人気があるんですぅ」

「へえ」

社長はパンフレットを手にとってぱらぱらめくった。

「毎月の払いが変わらないのはありがたいねえ」

「病気になった時の保障は新しいやつのほうが充実してるくらいですよぉ。入院一日あたり六千円、六十日まで大丈夫ですしねえ」

「ほんとだ」

池端が「解約返戻金が少なくなるだけですね、デメリットは」と言ったのはセールスを後押ししたつもりだった。少なくとも怒られるようなこととは思わなかった。

しかしその瞬間、安岡のこめかみに青筋が立つのを確かに見た。テーブルの下で足を蹴《け》られた。

「ああ、万が一解約されるようなことがあったら多少はそうですけどぉ。終身っていうのは文字通り終身が基本ですからあ。滅多にそういう方はいらっしゃいませんのでえ」

安岡は必死に何気ない様子を繕っていたが、早口になり声も上ずっている。

社長は気づかなかったらしい。

「任せるからいいようにしてよ」

「はい、それはもちろおん。一番お得になるように考えてますからあ」

契約書がすでに用意されていた。必要事項もすべて書き込まれ、ハンコを貰えばいいだけだ。

社長が無造作に寄越《よこ》したそれを力を込めて紙に押し付けると、安岡は池端を促して立ち上がった。こぼれんばかりの笑みを店番の若者にも振りまきつつ出てきたが、車に乗り込み、酒屋の敷地をあとにした途端、表情が一転した。

「あんた、何言い出すのよ？　私に恨みでもあるの？」

アクセルを踏み込み、角を乱暴に曲がる。池端は助手席で身体を硬くした。

「とんでもないです」

「だったらどうして解約返戻金の話なんかするのよ」

理解できない叱責《しっせき》だった。

終身保険のような貯蓄型保険では、途中解約した場合払い込んだ保険料の一部が戻ってくる。安岡が社長に提案したプランで保険料がこれまで通りで済むのは、今までに潜在的に貯まっていた解約返戻金を、頭金のような形で保険料に回すからなのだ。

改めて契約を結び直すと、解約返戻金は少なくなる。客の年齢に応じて利率も引き下げられるため、客が最終的に受け取れる総額としても減ってしまう可能性が大きい。

そのあたりをきちんと説明しなくてはいけないことは、生保レディの資格試験でも出題されていた。池端はむしろ、安岡の説明不足をフォローしたのではないか。

「やっぱりあんた、おめでたいわ」

安岡は吐き捨てた。

「新しい契約のほうが査定がぜんぜんいいのよ」

「そうなんですか？」

「当たり前でしょう。客に返すお金が少ないほど会社は儲《もう》かるんだもの。私だって、それで給料が上がるんだったら売るわ。あんたがどうしても嫌なら勝手にしたらいいけど、人の商売の邪魔は止めて頂戴《ちょうだい》」

「嫌です」

反射的に口をついた。声が震えるのが分かったが続けた。

「自分でするのも、先生がするのを見るのも嫌です」

「優等生には我慢ならないよ」

「優等生ぶってるつもりはありません。ずるしちゃいけない、人の無知につけこんじゃいけない。当たり前のことじゃないですか」

「誰かが得すりゃ誰かは損する。欲しいものを手に入れたきゃ誰かを泣かすしかないの」

「世の中はそんなものじゃないと、私は信じてます」

安岡は車を停めた。

「降りて」

顎《あご》をしゃくられた。言い返せないか考えていたら、手が伸びてきて助手席のドアを開けた。

灼《や》けるようなアスファルトの上に池端を残して、軽自動車が走り去っていった。

14

奥地文則を休職に追い込んだのは間違いなく大きな勝利だった。

もっとも、恰好《かっこう》いい戦い方とは言えないだろう。

巻き返しに苦しめられたあいだだけでなく、勝利の確定後も池端美紀へのメールに詳しい経過を書く気分になれなかったのはそのせいだが、空っぽの奥地の机を見ると、妖精《ようせい》さんの絶滅へ一歩近づいたと加納英司は実感できた。

同盟は、しかしなおしぶとかった。PIPを骨抜きにする動きを止めようとしない。一部の所属長は影響から脱し、自分の部署の妖精さんにまた毅然《きぜん》たる態度で接するようになったのだけれど、そうでない者も少なからず残っている。

結局のところ、形勢をある程度挽回《ばんかい》はしたものの一気に制圧するまでいかず、社内の分裂はさらに先鋭化の様相だった。

次の手を打たなければならない。

こうなると、圧力をかけて追い出す、というようなやり方ではもう間に合わないのかもしれない。

確実に、素早く。直接毒を吹きかけて息の根を止める。

役立ったのは、またも三枝義信の指示だった。

「最後の手段ではありますがね。うまくいけば退職金も払わずにすむ」

膝《ひざ》を打った加納に、三枝は「人事マンが、思いつかないほうが問題じゃないですか」と厳しい口調で言った。愛のムチと受け止めておこう。

ドライになるのがためらわれる日本企業でも、この方法ならぐうの音も出させず狙った相手の首を切れる。

まずはやはり残った同盟メンバー。彼らを取り除けば、肚《はら》の据わっていない他の妖精さんはすぐ腰砕けになるだろう。

四人のファイルを改めて引っ張り出す。すでに何度も読み返して、暗記してしまったくらいだ。

みんな、若いうちは少なくとも人並み、あるいはそれ以上に働いてきたと思える。社内の表彰を受けている者も多い。

一方で、誰にも処分歴はなかった。

だが、あらゆる規則を厳密に守って生きている人間など存在しない。残らず取り締まったら、誰もいなくなったとなりかねない。適当に見逃すことで世の中は成り立っている。

逆に言えば誰からだって叩《たた》いてホコリを出すことができる。

目をつけたのは経費だ。会計課から伝票を持ち出して調べた。

残念ながら、四人とも大して使っていなかった。

一応、外回りの業務がある営業サポ、運用の三人は多少の交通費を請求しているが、使っているのは専用のパスモだけで、鉄道会社の記録を参照しても不正は見つからなかった。

飲食関連に期待していたのだけれど、五時より前に帰るのでは接待と見せかけることからして不可能だ。

豪胆そうな毛利基も派手な領収書の切り方はしていない。ほかの三人は、目立たないことを妖精さんの心得としてこのあいだまで過ごしていたはずなのでなおさらだ。

妖精さん化する前ならどうか。

昔はみんな普通のサラリーマンだったわけだ。普通のサラリーマンがやることはやっているだろう。法律と違って社則に時効がないのはありがたい。

ただ伝票は、七年の保存期間が過ぎれば捨てられてしまう。

ルーズそうと言うなら高木誠司だが、七年前にはもう役職定年を過ぎていた。そもそも生保は機関投資家として株を買う立場なので、どちらかといえば接待を受ける側だ。

毛利も、バリバリの営業だったのは七年以上昔だった。その後お客さまセンターに出されて妖精さんになった。

誰でもいい。やらかしてくれていないか。

しわくちゃだったり、シミのついたものも交じる小さな紙切れ相手の奮闘が続いた。

同盟メンバーの異動を遡《さかのぼ》りながら、所属した部署の伝票を見てゆくわけだが、段ボールに詰め込まれた中からメンバーにかかわるものを選びだすだけで大変だ。

詮無《せんな》い話だけれど、池端がいてくれたらなあと思ってしまう。後任は、派遣会社と条件が折り合わないらしくまだ来ない。来てもどれだけ使えるか。

気にされると困るので、伝票調査のことも池端に伝えていない。結果が出る前に期待をもたせるとこちらが苦しくなると学んだせいもある。

しかし、妻には説明せざるを得なくなった。

いっとき過重気味の仕事から解放された加納だが、すぐ元に戻り、またまた隆太のお迎えをドタキャンして義父母の出動を仰ぐ事態を起こしたからだ。

三人で自宅へ戻る車の中で「脛《すね》の傷探しか」と晴美がつぶやいた。

「人事って怖いのね」

「晴美だって、迷惑だって言ってたじゃないか」

「そうだけど」

実際、当時「絶滅」まではためらっていた加納を「手加減しなくていいわよ」などとけしかけたりすらしたのだ。

「あとから晴美のほうが正しかったなって思ったんだぜ」

「確かに共存は簡単じゃないけどね」

つぶやいてから晴美は、「うちの親に今度何か持ってかないとね。お金渡したほうがいいかな」と言った。

加納はちょっとびっくりした。

「お金まではいいんじゃない。お父さんお母さんも孫に会うのは楽しみだろうし」

「楽しみなのはもちろんだと思うけど、私たちの下請けみたいなのって、複雑な気持ちもあるんじゃないかしら」

「そうかな」

加納はすぐにうなずけなかった。

「誰だって人に指図されるよりするほうが気分いいでしょ」

「まあね」

「なのに対価もなかったら、長いうちに溜《た》まってくるかもよ」

ハンドルを握ったまま考え込むような加納に、晴美は笑いかけた。

「英司くんを責めてるんじゃないから。何か言われたのでもない。まあ、それくらいのつもりでいたほうがいいかなってこと」

「分かった」

運転に集中しようと思ったが、義父母の顔が脳裏から消えなかった。

彼らは販売のほか修理なども受け付けるふとん屋を営み、今も仕事を続けている。量販店に押されてかなり暇になったそうだが、完全に年金暮らしの加納の両親にはない、気の張りを感じることは確かにある。

だがそろそろのんびりしたいと思ったりしないのか。それならそれで、隆太の世話が負担になりかねないが。

自分の父のことも考えた。

市役所に役職定年はなかったはずだし、今年七十一歳だから、ぎりぎり妖精さん扱いは受けずにすんだ時代の人かもしれない。

だとしても、キャリアのおしまいのほうでは、世の中の変化についていけないのを自覚する局面があったのではないか。そんな折、何を感じただろう。

頭がごちゃごちゃしてきたのを振り払って、とにかく今は、永和の妖精さんを退治することだ、と自分に言い聞かせた。

ようやく攻めどころが見つかったのは八月に入ってまもなくだった。

一番可能性が低いと思っていた篠塚明子が引っ掛かった。単に篠塚がついていなかっただけかもしれない。加納からすればラッキーということか。

彼女は八年前に岡山の支社長になり、二年間勤めたのだが、半分ほどの期間は伝票の保存年限にかかっていた。

支社は営業の前線で当然接待が多い。

一軒のレストランが気になった。多い時は週に数回行っている。領収書の筆跡は、別に取り寄せた篠塚のサインと違うが、店がグルならどうにでもなる。

しかし他の伝票との突き合わせでは、日時のかぶりなど出てこなかった。会社の記録を調べても、出張中に地元で経費を切るような下手は打っていない。

ほかに支社長の行動を把握する方法はあるか。

頭をひねった末、加納は岡山の生命保険協会と、商工会議所に問い合わせた。何年も昔に遡って、会合がいつ開かれ、誰が出席していたか教えてほしいという面倒くさい依頼も、相手が永和生命の本社室長となれば受け入れられた。

商工会議所の回答に当たりが入っていた。昼食付きの懇親会に出席した日と、レストランでランチ接待をしたことになっている日付が重なっていた。紛れもないカラ接待だ。

加納は小躍りして篠塚を呼び出した。

もちろん理由は伏せた。同盟のメンバーとはしじゅう面接しているから、向こうもまたかと思っただけだったろう。

「あんまり呼び出しかけるの、業績改善プログラム達成の妨害になりませんか」

篠塚は相変わらずの陰気な声で言った。

無難なだけのグレーのスーツ、化粧も最小限だ。全身にくたびれた空気をまといつかせている。このごろは五十後半、いや六十、七十代でも華やかな美魔女が多いというのに。

今はサポートとはいえ、これじゃ営業の仕事などできっこないと思ってしまう。ライブハウスで生き生きした表情を見せていたのが嘘のようだ。

「少々昔の話を伺いたいんですがね」

　加納は切り出した。

「岡山にいらっしゃったころの」

「何ですかほんとに。私、支社長として素晴らしい数字を残せたわけじゃないかもしれませんけど、昔の成績を持ち出して改めて査定に使うなんておかしいでしょう」

「査定ならおっしゃる通りですが」

　どんな反応が見られるのか。わくわくしながらレストランの名前を出すと、果たせるかな篠塚の顔色はさっと変わった。

「うちのお客ですよ。私が開拓したわけじゃありませんが」

　なるほど、当然そういうこともあっただろう。だが話を逸《そ》らそうとしているなら稚拙だ。

「篠塚さんもかなりのお客になってらしたようですね」

「安くしてくれましたから」

「馴染《なじ》みになると、いろいろ便宜を図ってもらえるんでしょうね」

「おっしゃりたいことがあるなら、はっきりおっしゃってください」

　受け身にも弱い。

　調査結果を示すと、篠塚は遠い目で「そこまでやるんですか」とつぶやいた。

「どこまでもやりますよ。非難されるいわれはありません。報酬に見合った仕事をしない、する気もない方には退場していただくのが筋でしょう」

「私たちは」

声が高くなったのを加納は遮った。

「領収書を偽造して、経費を架空請求されたとお認めになりますね」

唇を嚙《か》んだ篠塚が、ややあって「はい」とうなずいた。

「事情があったんです。そうでもしないと」

「たいていのことには事情があります」

「私以外にもいると思います。いるはずです」

「この期に及んで、見苦しいですよ」

加納は苛立《いらだ》ちを感じていた。

「やったのはこの時だけじゃありませんね？　一回や二回じゃないでしょう？」

篠塚が睨《にら》みつけてきた。

「尋ねたことに答えてください」

「何も申し上げたくありません」

「黙秘なんて、許されると思いますか」

「そっちが、聞きたいことしか聞こうとしないんじゃないですか」

「逆ギレですか」

加納は努めて穏やかに続けた。

「みなさんの主張に耳を傾けようとした社員も多少いたかもしれない。しかし、カラ接待が発覚して開き直るような方と知ったらがっかりするでしょうね」

だが以後の篠塚は、何を言ってもうつむいたままだった。

「いいでしょう。好きになさればいい。少なくともこの件については証拠があります。あなたもお認めになった」

篠塚を残して加納は応接室を出た。

「彼女はこれでおしまいですね。暴れたってもう逃げられない」

三枝も評価してくれた。

「すぐ懲戒手続きにかけますか？」

尋ねてから、加納は同席した人事課長の山瀬忠浩の様子を窺《うかが》った。懲戒のことまで自分が口火を切るのは越権だったかもしれない。

しかし山瀬は加納が作った資料に目を落としたままだ。妖精《ようせい》さん問題は加納の管轄という姿勢を守るようだ。

三枝もそれでよしとしているのか、山瀬に発言を促したりはしなかった。逆に言えば、社の盛衰をかけたプロジェクトを任せた加納を、股肱《ここう》の臣らしい山瀬と同格、ひょっとするとそれ以上に買っているのだろうか。

結局、三枝が自ら「もう少し数を揃えてからにしましょう」と引き取った。

「雑魚《ざこ》を一、二匹釣り上げても、向こうは新しいのをスカウトして立て直しを図ってくる可能性があります。できれば毛利を仕留めたい」

「経費がらみはこれ以上難しいかもしれません」

「こだわる必要はないでしょう？」

セクハラ、パワハラ。取引先との癒着、あるいは逆に、永和の力をバックに無理な要求を押し付けていないか。コンプライアンスに反する営業などなど。材料は無限にあると三枝は言った。

そのあたりの引き出しの豊富さには、感心するしかない。

「人事は怖いって言われそうですね」

冗談のつもりだったが、三枝が思いがけず神経質な口調で「誰かに言われたんですか？」と突っ込んできた。

「そういうわけではありませんが」

咄嗟《とっさ》に嘘をついたのは、妻にしょっちゅう仕事の相談をしているみたいに思われたくなかったからだ。

「やる気さえあれば、人事は何でもできます。力を使うのにひるんではいけません」

「はい」

素直に加納は頭を下げた。確かに、できることをやらないのは怠慢でしかない。

「下で働いた者に改めて聴き取りをしてみなさい」

意外な指令だ。これまで妖精さんの側について動くことが多かった人たちではないか。

三枝は説明を続けた。

「逆の見方をしたら、プレッシャーをかけられたわけでしょう。妖精さんたちの不正を知ったら、嫌気がさして気持ちを変えてくれると思います」

「なるほど。昔から横暴だった、なんて話が出てくるかもしれませんね」

人事課に戻って聞き込みの対象者をリストアップしていると、気持ちが高ぶった。篠塚の件はすでに同盟メンバーに伝わっているだろう。次は我が身と縮み上がっているのではないか。

今さらPIP達成に舵《かじ》を切り直しても無駄だからな。首を洗って待っていろ。

15

おしまいだ。

安岡玲子は営業所長や竹内ゆかりに報告するだろう。

建前としては、自分のほうが正しいはずだからクビにまでされないかもしれないが、融通の利かない厄介者として干されるだろう。

竹内の懐に飛び込むなど無理だ。まして認知症の客に保険を売りつける現場を押さえるなんて。

我慢すべきだった。頭に血が上っても、安岡に逆らわず、いや感心してみせなければいけなかった。それでこそ彼女たちに信頼され、竹内に近づく道が開けた。

車を降ろされた場所がどこで、営業所からどれくらい離れているのかもさっぱり分からない。

スマホの地図を開いて調べ、バス停まで二十分歩いた。それから日よけもない中、四十分近く立ち通しでバスを待ち、営業所にたどり着いたのは一時間半後だった。

安岡の車はなかった。挽回《ばんかい》できると思えないけれど、一応詫《わ》びようとビルの外で待った。

「どうしたの」

何人かのレディに見つかって声をかけられた。何でもないですと答えて待ち続ける。

安岡はその日、直帰したようだった。

翌日は別のレディに付いて研修を受けることになっていたが、池端は安岡と話す時間を取りたくて早めに出てきた。安岡のほうは読んだのか朝礼ぎりぎりまで姿を現さず、朝礼が済むとさっさと飛び出していった。

ずっと気持ちが上の空で、その日の講師からも怒られた。営業所に戻った夕方、所長には「今に一人で回ってもらわなきゃいけなくなるんだからね。しっかり勉強してね」と注意された。

しかし、所長の言葉に、特別な皮肉やあてこすりが含まれているようには思えなかった。単純に、営業所の成績に寄与してほしいと願っているだけだ。

竹内の態度にも変化はない。

「こんにちはあー。お元気い？」

それだけだったけれどにこやかに挨拶《あいさつ》をされ、取り巻きたちも倣う恰好《かっこう》だ。

安岡だけが目を合わせようとしない。近づいたらすっと離れてゆく。向こうのほうが逃げているようだ。

何日かそんなことが続いた。

自分の身は無事なようだけれど、気味が悪くてしょうがない。竹内に対する作戦を進めるわけにもいかない。

何とも中途半端だった。はっきり干されたら、辞めるついでに言いたいことをぶちまけてやろうと思っていた。レディ稼業などろくでもない、詐欺師、泥棒同然だと。

すっとできるだろうに。

下手をするとずるずる、研修期間が明けてからも居続ける羽目になりかねない。冗談ではない。

その日もやる気のまるでおきない同行の研修を終えて営業所を出た。

マンションまでは歩いて七、八分だが、布団しかないままで、家で食事を作ることもできない。長くいることになったら、東京に残している部屋からもう少し家財を送らないといけないだろうか。

もっと大きな問題を思い出した。車をどうする？　講師についてゆくのでなく、一人で営業するとなったら、車がなくては始まらない。免許を持ってはいるが、実は合宿で取ってから一度も運転していない。

中古でも最低二十万くらいするだろう。また加納にお願いするのは心苦しい。ユカテリーナ退治のめどがつかないのだからなおさらだ。

気分が重くなり、飲食店に入る気力も出なくて弁当を買おうとコンビニを目指した。

ここも例によって駐車場が広いが、建物に入ろうとした時、一番奥の隅に隠れるように停まっている車に目がいった。

安岡のと車種、色まで同じだ。

しかし安岡は、池端が講師と一緒に営業所に戻ってすぐ、一時間ほども前に帰った。

ここに寄ったとしてもとっくに用は済ませただろう。

運転席に人がいる。夕方になっても暑さの緩む気配がないのに、窓はほとんど閉められ、そこに傾いた太陽の光が反射しているので中がよく見えない。ナンバーが先に読み取れた。

憶《おぼ》えたわけではないが、こんな感じではなかったか？

近づいて驚いた。本当に安岡だった。

魂が抜けたように虚《うつ》ろな目をフロントガラスに向けている。と思うとがくりと首を折ってうつむいた。よほど経って上げた目は赤く、頬に濡《ぬ》れて光る筋が引かれていた。

片手に握りしめたハンカチでそれを拭《ぬぐ》った安岡がはっとこちらを見た。首を動かした拍子に池端が視界に入ったようだ。

踵《きびす》を返した。見てはいけないものを見たのは間違いない。だが安岡は窓を下げて「待ちなさい」と言った。

迷ったが足を止めた。改めて近づくと、安岡は力なく笑った。

「よりによってあなたとはね」

「帰り道だったので」

「そうか。近くなのよね」

うなずいたがあと何をしゃべったらいいか分からない。

「どうして泣いてたのか訊《き》かないの」

「でも」

「もじもじしてばかりじゃこの仕事は務まらないわよ。言っとくけど不倫とかじゃないから。あなたに怒られたせい」

池端は聞き違えたかと思った。

「私が怒られたんじゃないですか」

「乗って」

吹っ切れたように安岡が言った。池端も覚悟を決めた。

連れていかれたのはファミレスだった。

「一人暮らしなのよね。ご飯食べるんだったら頼んだら。奢《おご》ってあげるわ」

ますますわけが分からない。しかし乗りかかった船だ。遠慮はなしでいこう。命まで取られはしないだろう。

ウェイトレスにピラフを注文すると、安岡は「それだけでいいの?」と笑い、自分はオレンジジュースにした。帰って家族と食べなければいけないからだそうだ。

「さっきおっしゃってたの、どういうことですか」

「あなたに怒られて、昔は私もあなたみたいだったなって思い出したのよ」

「安岡さんが?」

「信じられないわよね。あんなこと言っといて。でも本当よ。ここに来る前の話だけど」

安岡はこの営業所で働きだして六年になる。しかしレディ歴はその倍近い。夫の転勤で岐阜に来たのだそうだ。

「どこにいたかは言わないでおくわ。迷惑をかけちゃう方がいらっしゃるから」

客に損をさせなければ自分が儲《もう》からない。研修中、先輩に言われて反発した。腹を立て、悲しくなった。

先輩も機嫌を悪くして勝手にしろと突き放したので、あとは本当に思った通りにやった。

勉強は頑張った。客にとっていい商品を的確に選べるようにだ。

更新の時期が来たら、どうしたら一番客の利益になるか考えてアドバイスした。会社がキャンペーンを展開していても、場合によっては裏事情を客に説明し、乗るべきでないと教えた。

当然ながら客には喜ばれた。口コミで評判が伝わり、安岡を指名してくる客まで現れた。

一方で喧嘩《けんか》した先輩はもちろん、多くの同僚レディから疎まれた。受け持ちエリアを荒らされるなど仕事を邪魔されるのもしょっちゅうだった。

予想していたから我慢できたが、彼らの言う通りと認めざるを得ないことが一つだけあった。

「本当に儲からないのよ。成績が上がらないから」

客が増えても、無理な売り方をしないため契約件数につながらない。

契約件数のほか、売る商品、額、保険期間などで営業社員は細かく査定される。かつルールのことごとくが、客の損が会社の得であり、それを大きくするのに貢献した営業社員へ報酬として還元もされるという原理に貫かれている。

営業所、支社レベルでなく、本社から下りてくるルールだから、営業所長に文句を並べても「どうにもならないんだよ」で片づけられてしまう。所長に、上部組織に盾突く気概などありはしない。

給料は低く抑えられたままだった。上に言われる通りに営業するレディは着実に成績を上げる。後輩にもどんどん抜かれた。

「だから志を曲げてしまったんですね」

とりあえず理解はできる話だった。しかし安岡は首を振った。

「ううん。その時は自分のやり方を貫けたの」

意外な展開だ。

「どうしてですか」

「素晴らしい人がいたからよ」

腐りかけていたころ着任したその県の支社長が、安岡を励ましてくれた。安心を売る生命保険業にとって、客との信頼関係は第一に大切にすべきものとの信念を持ち、安岡に「そのままでいい」と言った。

ただ、支社長も組織の中では中間管理職に過ぎない。査定ルールは変えられない。目先の利益を追い求める流れにやみくもに抗《あらが》っても排除されるだけだ。

その支社長がやったのは、安岡のようなレディにボーナスを出すことだった。一般的な「成績優秀者」には金一封をはじめ食事会、洋服やアクセサリーのプレゼント、旅行といったさまざまなご褒美が用意される。

それと別に、営業所にやってきた支社長がそっと安岡を呼んで、バッグに封筒を滑り込ませてくれた。

「少なくてご免なさい」

架空の案件で請求した経費が主な財源らしかった。しかし本社の目をごまかすのには限界がある。支社長のポケットマネーまで含まれていたようだったけれど、実際、ささやかな額だった。

それでも、上がらない給料の貴重な足しになったし、何より認めてくれる人がいることが、営業所内で孤立する安岡の心を支えた。

一方で支社長は、客に不誠実な営業を厳しく咎《とが》め、ペナルティーを科した。一時的に業績が落ち込んだものの、支社管内でレディたちのモラルが向上してゆくと、少しずつ回復に転じた。

それにしても架空経費がばれたら——。

「支社長が処分されちゃいます」

負担を感じずボーナスを受け取ってもらえるよう出所を話したのに、かえって心配させてしまったと支社長は笑った。

一方でこうも言った。

ずるいやり方で儲けたお金だとしても、くすねていいわけではない。本当は客に返すべきだけれど無理だから、ましな使い方と思って安岡たちに渡している。不正であることまで含めて自分で引き受ける。

「すごい方だったんですね」

「本当に。あんな人はそうそういるものじゃない。こっちに来てしみじみ分かったわ」

安岡はため息をついた。

「特によくない場所かもしれないけれどね。何もかもが竹内さんに影響されちゃってるから」

百億を売り上げるレディがいて、神様扱いされれば他の人間も数字に血道を上げざるを得ない。

一人で戦うつもりだったけれど、それまでの恵まれたと言えば恵まれた環境に慣れていたせいかもしれない、情けないほどすぐ心が折れた。子供が塾に通い出したりして金が必要になったのももちろん大きかった。

一度川を渡ってしまうと後戻りできなくなった。竹内の取り巻きに加われば、いい評価が簡単にもらえた。

乗り越えたと思っていた利益第一主義に、安岡は飲み込まれていった。

「恩人の支社長も、結局長くは改革を続けられなかったみたい。私がいなくなっていくらも経たないうちにどっかに異動させられちゃった」

「そうなんですか」

「業績が回復してきたっていってもゆっくりだったからね。手っ取り早く稼ぎたい人たちにはやっぱり邪魔だったんだと思う」

「辛《つら》い思いされてたんですね」

「自分が悪いんだけどさ」

「お願いがあります」

無意識に池端は口にしていた。

「教えてください。竹内さん、認知症のお年寄りに保険を売りつけて問題になったんすか」


ですよね」

「私から教わらなくたって知ってるんでしょ。今回はかなり騒ぎになったもの」

「それでも竹内さんはお咎めなしだった。ほとぼりが冷めたらまたやるんじゃないですか」

「訊《き》いてどうしようっていうのさ」

「ご迷惑はおかけしません」

安岡はふっと口元を緩めた。

「どうしたってかけられちゃうと思うけどね」

そして「竹内さんはやるよ」と言った。

「まず間違いない。そんなに先でもないね。何故分かるっていったら、このあいだ私たちの仲間が竹内さんにネタを上げたからだよ」

「済みません。意味がよく分からないんですけど」

「私たち、竹内さんの腰巾着《こしぎんちゃく》がさ、カモを探してくるのよ。竹内さんが撃ち落として羽根をむしる。私たちが自分でやったら、さすがに会社、守ってくれないからね」

あぜんとする池端に、安岡は続けた。

「竹内さんは売り上げを作る。私たちは竹内さんからお駄賃をもらう。営業所も、支社も潤う。逆に言ったら、そうでもしないと今まで通りの成績を維持できなくなった。

そのあたりの事情も聞こえてるかしら」

　返事をしたかったがすぐには声が出なかった。

　そんなシステムまで出来ていたのか。なるほど、いかにユカテリーナでもあの年齢で街を歩き回って一人暮らしの認知症患者を探すのはきついだろう。やったとしても割が合わない。取り巻きのレディを手足にすれば合理的だ。

「うちの営業所以外にも情報を寄越《よこ》すレディがたくさんいるよ」

「終わりにするには、現場を押さえるしかありません」

「私もお駄賃、何回か貰《もら》ってる」

　からかうように言って、しかし安岡は「そういう考え方で、いつのまにか堕《お》ちるとこまで堕ちちゃったのよね」と自分で引き取った。

「竹内さんは用心深いよ。よっぽどうまくやらないと」

「方法があるはずです」

　勢い込んで身を乗り出した拍子に机が揺れて、背の高いジュースのコップが倒れそうになった。慌てて押さえたけれど少しこぼれてしまった。

「ご免なさい」

　安岡は紙ナプキンで机を拭《ふ》きながら「大丈夫」とつぶやいた。

「落ち着いて。一緒に考えましょう」

16

「根を詰めすぎないようにな」

帰り支度をした山瀬忠浩が部屋を出る前に言ったが、加納英司は「大丈夫です」と答えただけでパソコンから顔も上げなかった。この仕事は助けなしできちんと仕上げる。

竹内ゆかりを仕留めるために欠かせない協力者を見つけたという池端美紀の報告も刺激になっていた。ユカテリーナ軍団の暗躍などホラー映画のような話で、突き止めたのは素晴らしい成果だ。

こちらも篠塚明子以外の妖精《ようせい》さんを追い詰める材料を早く揃え、いいところを見せたい。

とはいえ、いつの間にか時計の針は七時を大きく回っており、目がかすんできた。

訊き込み対象とする毛利基の元部下たちをリストアップする作業も半分以上終わった。

隆太のお迎えは免除してもらっているが、今晩のうちに完了させる必要もないだろう。出来た分だけでも、アポ入れ、聞き取りに数日かかる。

パソコンの電源を落とし、鍵《かぎ》を守衛室に返して通用口を出たとたん「すみません」と声をかけられた。

「ヒライさんですか？　永和生命人事課の」

目の前に立っているのはかなり若い女性だった。二十歳そこそこではないか。

「永和の人事課――みたいなものではありますけど、ヒライじゃないです」

「ご免なさい」

女性はうろたえたように頭を下げた。踵《きびす》を返そうとするのを呼び止める。

「その人を待ってるんですか？　うちにヒライってのはいないけど」

「え？」

振り返った目が見開かれている。

リクルートスーツで見当がついていた通り、彼女は就活中の大学生だった。ツイッターで永和の人事課勤務と称するヒライ氏と知り合い、アドバイスしてもらうことになって待ち合わせたという。

「悪い奴なんじゃないかな。リクルーターが就活生に乱暴、なんていうニュースがあったでしょう」

青くなった彼女に加納は「捕まえよう」と提案した。

「僕が離れて見てるから、このまま待ってて」

「分かりました」

彼女はスマホを操作しはじめたが、小さく叫んだ。

「アカウントが消えてます」

「気づかれたか。一歩違いで来てて、僕たちの話を聞いたんだ」

さっきから何人もそばを通り過ぎていった。中にヒライがいたか。

「残念だったなあ。警察に突き出してやりたかったんだが」

「ありがとうございました。先に声をお掛けしてなかったらどうなってたか」

彼女は深く頭を下げた。

「やっぱりSNSは危ないんですね。軽率でした」

「悪いのは騙《だま》すほうだけど、自衛したほうがいいな」

「あの――あなたは本物でらっしゃるんですね？」

名刺を出して彼女に渡した。

「加納さん。あ、私、桜田《さくらだ》っていいます」

それから彼女はおずおず「すごく厚かましいんですけど、加納さんにアドバイスしていただくわけにいかないでしょうか」と言った。

「僕は採用の担当じゃないんだよ。正確には人事課でもない。特殊部隊って感じかな」

「どんなことなさってるんですか」

「簡単に言ったらリストラ屋なんだろうな。嫌われ役ですよ」

「永和のこと、何でも知っておきたいんです。社会人の先輩としてでもいいです。お話聞かせてもらえませんか。これもご縁だと思えてきました」

妙な流れになった、と加納は思った。

しかし採用業務についてまるで話せないわけでもない。ヒライがどんな手を使ったのか、今後の参考に聞いてもおきたい。永和として放っておけない話だ。人事課以外の社員なんてことだったら大変だ。

「分かった。じゃあ、どうしようか」

「加納さん、お食事まだじゃないですか」

「今から?」

「あ、すみません。ご予定おありですよね」

「そういうわけでもないけど」

結局加納は、食事をしてから帰る旨のラインを妻の晴美に送って桜田と歩き出した。外を少し歩くだけで汗が噴き出して、地下飲食街にもぐりこむとほっとするとともにビールを飲みたくなった。

何度か使ったことのある天ぷら屋に入る。

「飲む?」

尋ねたら桜田は素直にうなずいた。

「拉致《らち》しちゃったみたいですね」

「まあいいよ」

自分も実は永和に移ったばかりと明かしながら、同じ部屋でやっている新卒採用の状況や、金融機関への就職に関する一般論を話した。生命保険が第一志望とのことだった。それをつぶやいたのがヒライの目に留まったのだろう。

桜田は熱心にメモをとった。

「どこの馬の骨か分からない学生にそんなに親切にするなんて、考えてみたら下心なしにありえないですよね」

「学生さんは必死だもの。乗っちゃうのも無理ないさ。卑劣なやり口だ。許せないよ」

しかし桜田が憶《おぼ》えているメッセージの内容に、ヒライを特定できそうな要素は含まれていなかった。永和の社員かどうかも分からない。

「リストラは順調に進んでるんですか」

意外なことに桜田はそちらへも関心を示した。

「少なくとも簡単とは言えないな。働く気のないシニアをなんとかしたいんだけど、居座る気満々だ」

「嫌われ役っておっしゃったけど、大事なお仕事だと思います。そういう方には早く席を空けてもらわないと、就職の門が余計狭くなっちゃいます」

「はは、そうだね」

なるほど、社内の若者たち以上に就活生にとって重大な問題かもしれない。

「意義を認めてもらえるのはありがたい。いや、僕だってできるなら人生の先輩には敬意を払いたいんだ。でもあの人たち、本当にひどい」

うなずいた彼女だが、急に心配そうな顔になって尋ねる。

「日本の法律だと会社を辞めさせるのって難しいんでしょう?」

「まあね。でも手がないわけじゃない」

「そうなんですか?」

彼女は大きく目を見開いた。

「さすがプロですね。どんなやり方なんだろう」

「ちょっと話せないな」

「ですよね。ご免なさい」

しかし引っかかって仕方がないようで、ああでもないこうでもないとつぶやき続けている。おかしくなってヒントを出した。

「脛《すね》に傷のない人間はいないってことさ」

「不祥事を探すんですか」

なかなか勘がいい。

「ご想像にお任せするけど」

得心顔になった桜田がビールを注ぎ足してくれる。瓶が空になってもう一本追加した。

「刑事さんみたいですね」

「そんなに恰好《かっこう》よくないなあ」

「根気と情熱がないとできないですよ。経費のごまかしとか？　あと何だろう」

「ある意味、今はやりやすいかもだね。昔だったら見過ごされたことが問題になるから」

「なるほどですねえ」

桜田は大きくうなずいた。

腹もいっぱいになってきて、「そろそろお開きにしようか」と言ったのだが、彼女のほうは話を聞き足りないようだった。

「人事に興味が出てきました。就活のこと別にして」

「またなんでよ」

「組織のお医者さんみたいなものですよね。やりがいがありそうです」

加納は腕時計を見た。九時三十五分。

「もう少しならいいけど」

「場所変えましょうよ」

まったくこの娘は想定外のことばかり言う。

「あなたとどこに行けばいいの」

「ホテルのバーとかどうですか」

知っているところがないではない。

「割り勘で」と桜田が財布を出すのをとどめて、店員が持ってきた伝票を取り上げた。

地上に通じる階段を上がると、途中からまた熱気がまとわりついてきた。

いきなり腕を取られた。

「酔ってない？」

「大丈夫です」

横顔を観察したが、確かにそうは見えない。最近の若者には普通の感覚なのか。

シャンデリアの光に柔らかく照らされたホテルのロビーで、桜田ははしゃいだように右へ左へ加納を引っ張り回した。かと思うとしどけなくしなだれかかったりもする。

さらに驚かされる展開があるのか？　加納は身構えた。

幸い、自制心を試されることはなかった。数分後に二人は並んでカウンターに座り、加納がモルトのロックを、桜田は果物の入ったカクテルを飲んでいた。

彼女のほうははしゃぎ過ぎた反動が来たのか、人事の仕事にからむ質問をぽつぽつするものの、ぼんやりしていることが多い。

加納との出会いが、禍転《わざわい》じて福となる就職の大チャンスのように見えていたのかもしれない。しかし冷静になればそんなはずもないと分かったのではないか。憑《つ》きものが落ちた態《てい》だ。

折をみて加納は、二度目になる解散の提案をした。今回は桜田もあっさり従った。勘定は再び加納が持った。

「ほんと、すみません」

きまり悪そうな桜田に「就活、頑張って」と月並みな言葉をかけた。

「送っては、いかないよ」

桜田は何度もお辞儀をしながら地下鉄の改札をくぐりホームのほうへ消えた。

翌朝、いつも通りの時間に出勤した加納だったが、若干身体が重かった。あれくらいの酒で二日酔いにはならない。家に着いたのは確かに遅かったが、風呂《ふろ》に入ってすぐベッドに入ったから就寝時間はいつもと変わらない。

ただ「飲んできたの久しぶりね」と言った妻の晴美に、ありのままを話すことができなかった。

何もなかったと断るのも馬鹿馬鹿しいほどだが、気分を害するリスクを冒さなくていいだろう。

「会社の人間に誘われてね」

しかしそういう機会は、入社直後に山瀬ほか人事課員数人で顔合わせの席が設けられた一回きりだった。

仕事帰りに同僚と一杯という習慣は、妖精《ようせい》さんくらいの年代を別にして途絶えかかっている。若者だけでないかもしれない。三枝など酒はまったく口にしないそうだ。人事系以外となると、加納がリストラ屋であることが誘われにくい原因に加わるだろう。妖精さんに対する強硬策に賛成でも、あまりおおっぴらにはしたくない人が多いはずだ。桜田みたいな感覚のほうが珍しい。

不自然に受け止められていないか、あれこれ気になって寝付けなかった結果の睡眠不足だった。

17

ユカテリーナに近づかなくては話が始まらない。

安岡玲子が取り持ってくれることになった。池端美紀と一緒に営業所でユカテリーナが来るのを待ち、姿が見えたところに連れてゆく。

「この子、このあいだ新人研修で付いたんですが、とにかく竹内さんに憧《あこが》れてましてね。いや、誰だって憧れますけど、竹内さんみたいになりたいって本気で思ってるみたいなんです」

さすがレディ、立て板に水で相手の気を逸《そ》らさずしゃべる。

「無理だよって言ったんですよ。初日に優しくお声がけいただいたものだから、勘違いしちゃったんじゃないかと。でも直接お話を聞きたいって、あんまり熱心でしつこいものですから、私もほだされてしまって」

ほら、と池端を手招きしながら、ほかの取り巻きたちにも、仕事を回してもらおうとかいうわけじゃない、そこは釘《くぎ》を刺してある旨説明し、警戒心を緩めさせた。

「勉強したいんだってさ。何でもやりますからとにかく仲間に入れてくださいって話なの。若い子にそこまで言われたらさ、頑《かたく》なに追っ払うのも大人げないじゃない」

メンバーの全員が納得したかは分からない。しかしユカテリーナ本人は、少なくとも嫌そうな顔はしなかった。

「へーえ、そうなのお?」

「ぜひお願いします」

「このごろ珍しいのよねえ、こういうガッツのある子」

池端の顔をしげしげ眺めながら言う。

「ありがとうございます」

「私から何を聞きたいのお？」

「稼ぎ方です。それもどうやったら手っ取り早く、お金を手に入れられるか」

ホーッホッホと、吹き出しの文字が見えるような笑い声だった。

「欲が深いのねえ」

「はい。お金が大好きですから」

「まあずは信用を得ることねえ。お客さまは当然だけれどお、私たちからも」

池端は取り巻きレディたちの事務仕事を引き受けることにし、研修が終わったあと居残って作業した。

営業所でも契約書や説明資料の作成から顧客情報管理まで、ＩＴ化が急速に進められている。

しかしレディたちの多くは機械に弱い。竹内ゆかりがそうなのはともかく、ずっと若い人たちもスマホこそいつもいじっているものの、大きな端末が相手だと悪戦苦闘の態だ。レディとしてしか働いたことがなければ当然かもしれない。

重宝されて、取り巻きの視線は和らいだ。もとより池端には彼女たちの既得権益に食い込むつもりなどないから、そういう下心は透けようもないのだ。

「ミキちゃんお願い」

「これ頼まれてくれる？」
押し付けてさっさと帰られてもにっこり引き受ける。
逆に、取り巻きでないレディたちから白い目で見られるようになったのが辛《つら》かった。
取り巻きに憧れていれば、池端はとんでもないゴマスリ女に映るだろう。嫌っている
なら唾《つば》を吐きかけたくなるかもしれない。
だが一番の試練はその後だった。
スマホに通話の着信があったので出たらユカテリーナ本人だった。
「ミキちゃあん、頑張ってるみたいねーえ。私も嬉《うれ》しいわあ」
番号を教えておいたから不思議はないが、なんだろうと緊張する。褒めるためだけ
にかけてはこないだろう。
「ちょおっと、今晩空けといてえ」
ご馳走《ちそう》でもしてくれるのか。だったらありがたい。労力を注ぎ込んでいるのだから
いい目にもあっていいだろう。
連れていかれたのは想像通り料亭だった。洗練されているとは言いかねるけれど、
この街だとかなり高級な店だろう。
灯籠《とうろう》がある庭に面した座敷に通され、ここで一気に、認知症患者に保険を売りつけ
てるんですよねと切り出すのもありそうに思った。

しかし掘りごたつ式の席には箸《はし》が三人分セットされている。竹内は下座側に席を取り、隣に座るよう池端に言った。

ほどなく現れたのは、福々しくぽっちゃりした顔と体形のおじさんだった。おじいさんに近いかもしれない。銀縁の眼鏡の下端が頰に食い込み、産毛に先祖返りしたような髪がもやのように頭の周りを漂っている。

「お出ましいただいて、光栄でございますう」

襖《ふすま》が開いた途端、竹内が駆け寄って荷物を持った。それをまた池端に手渡しながら「ほらミキちゃあん、ご挨拶《あいさつ》してぇ」と命じる。

相手は市会議員だった。建設会社の社長でもあるらしい。

「すごーくお世話になっているのよう」

法人営業の相手としてだけならともかく、議員の力を借りて第三者に便宜を図らせるなんてことがあれば問題だ。そちらから竹内を追い込めるかもしれない。

期待もあったけれど、お世話の内容はあまり明らかにならないまま、料理と酒が次々運ばれてきて、話題はもっぱら池端のことになった。

「独身なの、そう」

竹内が個人情報をばらしまくるのに、議員はうれしそうにうなずいている。

「二十八？　いやあ、素晴らしいですねえ。こんな美人に営業にこられたら、男どもはイチコロだな、うん」

悪気はないにしても、今の世の中で人の容貌《ようぼう》をうんぬんするのは、褒めるにしてもセクハラだ。説明しても分かってもらえないだろうが。

ともかくユカテリーナの機嫌を損ねるわけにいかない。彼女は自分の客をもてなすために若い女を連れてきたのだ。期待に応《こた》えなければ池端の目的も果たせない。どこまでやることを期待されているのだろう。

地方の料亭なら普通なのかもと思っていたが、床の間の横にスピーカーと、移動式のモニターがセットになったカラオケの機械があるのが、にわかに気になってきた。歌えるのは、完全防音ということでもある。建物は和風だけれど新しくがっちりした造りで、よく見ると障子の外のサッシは二重になっている。

酔わせてしまうのが安全だろう。せっせと酌をしたが相手は思いのほか強かった。顔がだんだん赤くなってくるけれどろれつに変化はない。返杯を受けているうちに池端のほうがぼうっとしてきた。

食事のコースが終わりに近づいたところで、竹内が「先生、如何《いかが》です」と水を向けた。言いながらすでに席を出て機械のほうへにじり寄っている。

「あ、私が」

池端も慌てて立ったが追い返された。

「ミキちゃんは先生のお相手お願い」

もちろん議員はすでにその気で、照れるふりさえしなかった。

「せっかくミキちゃんがいるんだからなあ」

昔のデュエット曲をリクエストする。与えられた役割を演じるしかない。床の間の前で議員と並ぶ。幸い歌のメロディーは知っていたから歌詞を見ながらならなんとかなる。

議員はいきなり肩に手を置いてきた。声が出そうになるのを我慢する。

竹内はというと、はしゃいだ表情で手拍子を打ちつつ、視線は池端から離れない。この局面でどう振舞うかチェックしているのだ。

ちょうど仲居が、水菓子を持って入ってきて助かった。議員の手は下ろされ、曲が終わると席に戻ってそれを食べた。

ほっとしたのも束の間、仲居に何事か囁《ささや》いていた竹内がだしぬけに言った。

「私い、用事が急にできてしまってえ、申し訳ありませんけど、お先に失礼するわねえ」

池端に向かってにんまりしてみせる。

「ゆっくりしていってねえ。お勘定は済ませてあるから心配しないでねえ」

食事は終わったのだからお先にも何もないだろう。議員だって、じゃあわしもと腰を上げてくれればよさそうなものなのに気配がない。

それどころか「お言葉に甘えさせてもらうか」なんてしれっとつぶやいた。掘りごたつの下で足がぶつかってきたのも偶然ではなさそうだ。

ユカテリーナが議員と手を振り合って廊下に出た。追いかけた池端の耳元でささやく。

「紳士な部類の方よお。お年的にも滅多なことはないと思うわあ。保証はしないけどお」

池端を押し戻して襖を閉めた。立ち尽くす池端に議員は座るよう促した。

「ウイスキーでももらって飲み直しますか」

福々しく見えていた顔は、赤みを帯びるとともに野卑なぎらつきを覗《のぞ》かせるようになっていた。

「まあとにかくこっちへ」

「先生！」

池端は議員の横で正座して両手をついた。

「私、こちらに引っ越してきたばかりで街のことがよく分かりません。地元に尽くしてこられた先生にぜひ、いろいろ教えていただきたいのです」

戸惑いと不満が相手の目に浮かんでいた。池端は続けた。

「建設のお仕事をなさってるんですよね」

「そんなこと、どうでもいいじゃないか」

「何を造られました？」

とんでもない女が来たと思ったに違いない。しかし意のままにならないのも分かったのだろう。議員は渋々答えを考え始めた。

「うちが造ったっていえば、学校なんか多いかなあ」

「思い出に残っているところとかありますか？」

「ああ、そりゃあ」

こんどはすぐに出てきた。建設会社を立ち上げて間もなかった八〇年代前半、他社と共同の形ながら初めて受注に成功した中学校だという。

「頑張ったよ。うちはこれだけできるってとこ見せなきゃいけなかったしね。わしも毎日現場に行って、基礎打ちから仕上げまで、ちょっとでも気にいらないところがあったらやり直させた」

「大変だったですね」

「手間をかけすぎてちっとも儲《もう》からなかった」

「そうなんですか」

本当にちょっとびっくりして池端は言った。

「仕事を軌道に乗せるのってちょっとやそっとじゃないんですね」

「分かってもらえたら嬉《うれ》しいよ」

議員が笑った。

算盤《そろばん》勘定は別にして、竣工《しゅんこう》した時の高揚感は昨日のことのように憶《おぼ》えているという。

「そこの生徒さんはみんなうちの子みたいに思えたね。学校を造る時はいつでもだなあ」

「やりがいのある仕事ですね」

「ろくでもないこともたくさんあるがね」

ろくでもない、というのは役所との癒着とか談合とかだろうか。無縁ではないと思う。

ただ、その学校を、この人物が誠心誠意造ったのも本当だろう。

「あのころまでは学校がたくさんできてたね。子供が多かったものな。今は老人ホームばっかりだ」

「どこもそうなんでしょうね」

「何とかするのが議員の仕事なんだがね。一応は政治家だから。考えてないわけじゃないんだ。保育園を増やしたい。給食費なんとかならないか。子育て支援員制度作れないか」

しかし彼は続けて言った。

「ただどれも、具体的な方法まで詰めていくと、壁がいくつもあるんだ。で、結局何にもできない。無能なんだろうな、そんな議員いらないって、まったく正しいよ」

「そんな」

「本人が言ってるんだから間違いないさ」

冗談ばかりでもない調子だった。

「名誉職でやるもんじゃない。若い人が選挙に出なきゃいかんよな。しかしその環境を整えてやる力もわしらにはない。困ったものだよ」

ため息をついた議員の顔から赤みはもう消えていた。

「竹内さんとは長いお付き合いなんですね」

「腐れ縁でしょうな。今となっては切りようがない」

「今回は、保険料を増やす約束でもされたんでしょうか」

「もう契約したよ」

なんとまあ。先に獲《と》るものを獲っておいて、池端は後払いの袖《そで》の下だったわけだ。

思わず「申し訳ありません」とつぶやいてしまった。

「やらずぶったくりってやつですよね」

「しょうがない。あんたも知らなかったんだろ」

「それはまあそうですが」

「わしが悪かったんだ。年甲斐《としがい》もない。しかしまあ、あんたみたいな娘さんと話ができてかえって得したようなもんだよ。特にこんな話はなかなか聞いてもらえないから」

あえてコメントしなかったが議員の言葉はありがたく、信頼する勇気を与えてくれた。

「今さらでしょうが、必要じゃない分は解約できると思います」

「そんなことしたら」

議員はもやのかかった頭の上に、人差し指を立てた両手を並べてみせた。

「お客さんも大変な目に遭うんですね」

ユカテリーナの人脈を駆使すれば市会議員一人くらい簡単に干し上げられるのかもしれない。喚《わめ》き散らされるだけでも恐ろしそうだが。

「でも、もうちょっとしたら平気になるはずです。竹内さんには、私がこんな話をしたのは秘密にしておいてもらいたいんですが」

「ずいぶん大胆なことをおっしゃるね」

「大胆さを買っていただけるなら、もっと厚かましいお願いがあります」

「何だろう」

「それも後で解約してもらえばいいんですが、明日《あした》、もうちょっと契約額を大きくしてください。私じゃなくて竹内さんを通して。ただ、私がお気に召したからって匂わせてほしいんです」

議員はしばらく考えていた。

「わけは聞かないほうがいいんだろうな」

「お望みなら話します」

「いや、よしとこう」

目を細めてつぶやく。

「聞かないままあんたに賭《か》けることにするよ」

「ありがとうございます」

二人は店を出た。見送った女将《おかみ》は、竹内に言い含められていたはずだから、早すぎるのをいぶかしむかもしれない。一台のタクシーに乗って、場所を変えると思わせることにした。たまたま帰る方向が同じだったので、効率もよかった。

「あのビルはうちがやりましたね」

「この歩道橋も」

通りかかるたびに議員が教えてくれる。

セクハラの説明をしても分かってもらえないだろうと決めつけていたことを池端は反省した。

理解するための知性が欠けているわけではない。分かり合う手間を厭《いと》う側にも問題はある。

先に議員が降り、そこまでの料金を池端に渡そうとしたが、後わずかな距離だったから池端は半分近くを返した。

「すごく勉強になりました。嘘でもお世辞でもありません」

約束は守られた。

翌日の夕方、その日の先生と外回りから戻ってきた池端にユカテリーナから声がかかった。待っていたのだとしたら極めて珍しいことだった。

「昨日はお疲れさまあ」

少なくとも人前ではいつも笑顔を絶やさない竹内だが、今のそれはとろけるようだ。

「ミキちゃん、やるのねーえ」

「ほめていただけるんですか」

取り巻きたちはぎょっとした表情になった。昨日、接待に連れていかれたことはみな知っている。ユカテリーナの期待に応《こた》えた意味を推し量ったのだ。

安岡だけには何があったか伝えておいたが、彼女もびっくりしたふりをしている。

「ご連絡いただいてえ、さっき会社へ行ってきたのよお。喜んでらしたわあ。私も鼻が高あい」

「それは何よりです」

「ミキちゃんのガッツ、みなさんにも参考になるところあるわよお」

取り巻きたちを見回しながら竹内が言ったのに、「とんでもないです」と、ちょっと拗《す》ねたふうに答えた。

心には傷を負ったとアピールしたほうが、これからユカテリーナとの交渉に臨む上で有利だろうと考えたのだ。

「ミキちゃんはあ、私に訊《き》きたいことがあるんだったわよねえ」

「はい。ぜひとも」

「かなえてあげないとお、いけないかもしれないわねえ」

取り巻きたちに口を挟む余地はなかった。ヤバ過ぎる娘だ、係《かか》わり合いにならないほうがいいと思っただろう。

「ちょっとお部屋、使わせていただくわねえ」

一応営業所長に断った竹内だが、返事は待たずに応接室のドアを開け、池端を手招きした。

「ここでいいわよねえ。外で話すのも何だしい」

「どこでも構いません」

竹内はグッチのバッグから銀色のメッシュの袋を取り出した。中に入っていたのは煙草と百円ライター、そして携帯灰皿だ。ライターの色が、今日の衣装と同じ安っぽい紫色なのもコーディネートなのか。

「禁煙らしいけどぉ、これくらい大丈夫よねえ」

池端には返事のしようもない。

もちろん躊躇《ちゅうちょ》なく火がつけられ、細い紙巻から立ち上る煙が帽子の周りを漂った。

「手っ取り早くう、稼ぎたいのよねえ。何か事情があるのかしらあ」

「まどろっこしいのが嫌いなだけです」

「あら、頑《かたく》ななのねえ。まあいいわあ。私にだってデエリカシイくらいありますからあ。何でもかんでも根掘り葉掘りしようとはあ、思わないわあ」

「お気遣い恐れ入ります。では単刀直入に申し上げます」

ただ声は落とした。

「竹内さんが、コンプライアンス違反の営業をされるところを見せていただきたいです」

さすがのユカテリーナも一瞬息をのんだようだったが、すぐ笑顔を作り直した。

「ほおんとに単刀直入ねえ」

しゃべり方も変わらない。

「でも、どうして見たいのかしらあ。習わないとできないってものじゃないわよお。

簡単、簡単。基本的にこっちの言うままだものお」

　そう言われるのは予想していた。

「保護者になっていただきたいんです。何をしても会社が尻《しり》ぬぐいしてくれるように。私一人じゃ、少なくともすぐには無理ですから」

　竹内はじっとこちらを見つめたままだ。

「でも、いつ見捨てられるか分かりませんよね」

「私そんなに薄情じゃなあい――かどうか自信ないわねえ。確かに」

　ようやく答えた竹内は愉快そうだった。

「見せていただけば一心同体でしょう？　安心して仕事ができます。もちろん、竹内さんのところに集まってくるカモを横取りしようなんて思ってません。自分で見つけた分だけで我慢します」

「当面は、でしょお？」

　皮肉っぽくはあるが、上機嫌なままの口調だ。

「私だってえ、いつまでもは生きてないものねえ。死なないまでもお、仕事にはどこかで区切りをつけなきゃいけないわあ。その時までに誰が後釜《あとがま》かはっきりさせておいてくれってことお？」

「ご明察と申し上げたら？」

竹内は手を叩《たた》く仕草で応じた。

「素晴らしいわあ。あなたみたいな人が出てくるのをずっと待ってたのお」

立ち上がって一礼した池端に続ける。

「お客さまあ、あなたの言うカモちゃんねえ、もう決まってるのお。そのへんのこともお、あなたならもう分かってるのかもねえ」

「細かいことまではまだ」

「よかったあ。いきなり何もかも分かられちゃったらあ、年寄りの立場、なくなっちゃうものねえ」

芝居がかった動きで竹内は胸をなで下してみせた。

「いつごろ行かれますか」

「ほおんと、せっかちねえ」

ついにくつくつ笑いだして、「そんなにお待たせはしないと思うわあ」と言った。

漂ってくる煙も、今の池端には気にならなかった。

18

池端美紀からのメールを読んで、加納英司は思わず「よし」と声を上げた。

ゴールが見えた。池端が岐阜に乗り込んでひと月半。やきもきさせられたが、ずいぶん早くことが進んだとも言えそうだ。

いよいよ負けていられない。

作業にいそしんでいた十時過ぎ、総務課が郵便物や宅配便で送られてきたものを運んできた。それがさらに各自のデスクに配られる。

毎朝の決まり事だ。しかし加納は渡された中の茶封筒が気になった。

メール便のラベルが張ってあるけれど宛名《あてな》だけで送り主の欄に何も書かれていない。これでは受け付けられないはずだ。誰かが社のポストに直接投げ込んだのではないか。

中身は軽く、薄っぺらい。書類だろう。

しかしカミソリくらいなら入っているかもしれないと思った。

妖精《ようせい》さん？

まさかそこまではするまい。したって呆《あき》れられるだけなことくらい分かるだろう。

テープで封がしてあるのを、一応用心しながら鋏《はさみ》で開けた。引き伸ばされた写真が何枚か見えた。

引っ張り出してぎょっとする。思わずあたりをうかがった。

「何か？」

そばにいた人事課員に尋ねられ、表情をつくろって「いや、別に」と答えた。

五分ほど時間を潰《つぶ》してから封筒を持って部屋を出た。トイレの個室に入る。

写真には、桜田に腕を取られてホテルのロビーにいる加納の姿が捉《とら》えられていた。

別に紙が一枚添えてある。

〈永和生命人事部の某室長が、就活の女子大生と一対一で食事した後ホテルへ――〉

無機質なフォントの文字が並んでいた。

安っぽいスキャンダル記事の見出しみたいだ。しかし写真の絵ヅラと合致しているのは認めざるを得ない。

やはり妖精さんだった。同盟から手を引け。でなければこの写真をバラ撒《ま》くという脅し。カミソリ以上に悪質だ。

金を出せば何でもやってくれる便利屋の類《たぐい》だろうか。もはや本名とは思えないが、桜田と名乗った若い女性を就活生に仕立てて加納に接近させ、それらしい写真を押さえる。

脅しのほかにも目的があった。こちらの手の内を探り出すことだ。べらべら喋《しゃべ》ったとも思わないが、経費以外の攻め口も考えているのは分かっただろう。

ホテルで一瞬とはいえどぎまぎした自分を振り返って、馬鹿の見本だったとほぞを噛《か》む。

怒りに震える一方で妖精さんたちが心底、怖くなった。

アイデア、計画力、実行力。そして何より執念。自分にここまでできるか。脅しに屈せないのは言うまでもないが、彼らのメッセージを無視したらどうなるだろう。

写真が出回る。加納は嵌《は》められたと弁明する。妖精さんたちとの因縁や、このところ彼らがアグレッシブな動きをしていることを知る向きには納得してもらえると思う。

しかし、社内でもみんなが理解しているわけではない。妖精さんに、無気力で無能くらいのイメージしか持たない人だと、加納の弁明を眉《まゆ》に唾《つば》して聞くだろう。まして社外には通りが悪い。少なからぬ人が写真のキャプションを信じるのではないか。

そうなれば永和全体に大きなダメージとなる。といって、妖精さんたちを制圧できていない状況を積極的に広めるのも痛し痒《かゆ》しだ。

晴美はどうだろう。

自分が破廉恥な男でないと妻は知っている。他の誰が加納を疑っても晴美だけは——。

しかし加納はすでに嘘をついてしまった。隠した理由を尋ねられたら何と答える。後ろめたいからではないか。少なくとも、言いにくい心の働きがあったことを否定できない。

晴美は猜疑心《さいぎしん》を膨らませるかもしれない。何を言っても裏目裏目になる。正直に話せばよかった。変な女の子だったと、一緒に不思議がっておしまいだった。今、笑い合うことだってできる。

いずれにせよ、拙速な行動は慎むべきだと加納は結論づけざるを得なかった。三枝に報告するのも控えた。処分はないにしても、自分の失態にがっかりするだろうし、怒るだろう。仕事から外される可能性だって考えなければいけない。せっかく信用を得たところなのにやりきれない。

当面は一人で抱え、反撃も控えて様子を見るべきだろう。といってそれで済む話でもない。

妖精さんは加納が白旗を掲げたと思うかもしれない。少なくとも与《くみ》し易しと見るはずだ。これまでに増して活発、大胆に「妖精さん万歳」方向の運動を繰り広げるのではないか。

また席を離れることになってしまうのは目を瞑《つぶ》って、社食のフロアへ向かった。自販機で缶コーヒーを買って一口飲んだ。

じとりと甘い液体が腹にしみわたった瞬間、痛みが走った。

脂汗が出るほどだった。歯を食いしばって人事課にたどり着いた。自分の席に座ったものの、すぐにパソコンを開けない。

「顔色が悪いよ」

隣の席から山瀬が声をかけてきた。

「急に腹が痛くなりまして」

「大丈夫か」

はい、と返事したものの、身体を起こしていることさえ辛《つら》いほどになって前言撤回に追い込まれた。

「何かに当たったかもしれません。早退させてください」

「疲れが溜《た》まってんじゃないか」

「そんなことは――」

「あるよ」

山瀬に断言された。

「食当たりだとしても、抵抗力が落ちてるからなるんだよ。加納さんがやってる仕事は神経すり減るだろうからな。ちょっと休まないと」

反論する気力はもうなかった。

山瀬の計らいは確かにありがたかったけれど、マンションに戻っても体調は悪くなる一方だった。

無理にでも栄養をとったほうがいいかと、台所の戸棚にレトルトのスープが入っていたのを温めてひと匙《さじ》口に入れたら、痛みが激しくなって残りは捨てた。

何年も病気らしい病気になったことがない。ちょっと熱っぽかったりしても、放っておけばすぐ直ったのに。

食当たりなら下痢をしそうなものだけれど便意は感じない。熱もなさそうだ。痛みだけが周期的に襲ってくる。

ネットで調べて愕然《がくぜん》とした。胃がんでこんな痛みが出るらしい。

発見の難しいタイプもある。永和生命に入る時に健康診断を受けたが、すり抜けたかもしれない。痛みが出てきたのは、その後かなり進行したのではないか。

いても立ってもいられなくなった。近所の町医者では用が足りないと思い、病院を探した。私立だがそこそこ大きく、検査体制も充実していそうで午後も外来を受け付けているところが見つかった。

いったんタクシーの予約アプリを立ち上げたものの、ためらってバスにしてしまったのだから貧乏性だ。バス停までひどく遠く感じ、昼間だから座れたが、揺れる度に意識が薄れかかった。

やっとたどり着いた病院のロビーはずいぶん混んでいた。ちょっとしたホールくらいの広さがあるのに、びっしり並んだ長椅子がおおかた埋まっている。

一時間以上してやっと呼ばれた内科の診察室には、加納より十近く若そうな、イケメンの医者が座っていた。

「よろしくお願いします」

「どうされました？」

明るく尋ねてくる。今朝からのことを話すと、目にも留まらない指さばきでパソコンのキーボードを打った。

「お昼、食べてないっておっしゃってましたね」

「ええ」

「お時間ありますか？」

さんざん待たせておいてズレた質問だとむっとした。だいたいこの状態のまま何ができるというのか。

「会社、早引きしてきましたので」

「じゃあ胃カメラやってみましょう」

胃カメラは初めてだ。苦しいと誰かから聞かされて、胃の検査はいつもバリウムを選んでいた。しかしそれでがんを見逃したなら、後悔しかない。

鼻に水薬を流し込まれ、ヨーグルトドリンクみたいな白い液体を別に飲んでから小さなベッドに横になる。

「最近はこっちが主流です。口からのと違って、おえっとならないんですよ」

何だか楽しそうに説明しながら、医者は加納の鼻の穴に黒いゴムチューブのようなものをあてがった。

おい、そんなもの入るのかよ、とびっくりしたが医者はぐいぐい力を入れ続けた。チューブの先が顔の中を貫いてゆく。えずきもあった。何がおえっとならないだ。

「はーい、そこ過ぎたら大丈夫ですからねー」

ふむふむ、などとつぶやきながら、医者は握ったチューブを出し入れしたり回転させたりする。

「見やすくなるよう胃に空気を入れます。げっぷ我慢してくださーい」

確かに腹の奥がぷうっと膨れてきた。ストローを挿し込まれたカエルになった気がした。

「ほら」と医者が示すほうに視線を向ける。

気づいていなかったが枕元にモニターがあって、ピンクっぽいベージュの色合いのぬめぬめした物質がいっぱいに映し出されていた。

「赤くなってるとこ。ただれてます」

はい、としか言えなかったが、鼻から胃に異物を挿し込まれながら話せるのはちょっと驚きだった。

「絵に描いたような胃潰瘍《いかいよう》ですね」

「胃潰瘍」

オウム返しするしかなかった。

「あー、ここはかなりキツいな。放っておいたら穴が開きますよ」

「開いたらどうなるんですか」

「穴から胃の内容物が外に出て腹膜炎を起こします。かなりの確率で死に至ります」

ぐふっと息が漏れた。

「大丈夫大丈夫」

医者は笑っている。

「そこまでいくには間がありますから。薬で治りますよ」

カメラが引き出された後も、鼻の違和感が続いた。

「原因は何でしょう」

ベッドから起き上がって加納は尋ねた。

「多いのはやっぱりストレスですかね。胃潰瘍といったら夏目《なつめ》漱石《そうせき》が有名ですけど、締め切りに追われたりしたんじゃないかな。心当たりおありですか?」

「大いにあります」

話してきかせたかったが、医者はそれ以上突っ込んで尋ねようとせず、「お疲れ様でした」と追い出すように言った。後が支《つか》えているのだろう。

癌ではない。とりあえずほっとできたものの、心が晴れたわけではなかった。

ロビーに戻って会計を待つあいだ、改めて周りの人々を観察した。

大半は老人だ。診察か会計か分からないが、待つというより、ぼんやり時をやり過ごしている、あるいはじっと耐え忍んでいるように見える。

名前を呼ばれてその後、彼らの何が変わるのか。

入院患者だろう、点滴をぶらさげた移動式の支柱を押して歩いている人がいた。おぼつかない足取り。いつか階段を駆け上がれる日が戻ってくるとは、どうしても思えない。

ロビーの奥に見える通路を、ストレッチャーが横切ってゆく。乗せられた人は手術を受けるのか。終わって病棟に戻るのか。

回復する病気やケガならいっとき我慢すればいいけれど、少しばかり死期を遅らせるだけだったら、苦痛に立ち向かう気力をどこからひねり出せばいいのか。

これが老いというものだ。

誰にでも必ずやってくる。妖精《ようせい》さんたちならもうすぐそばにいる。毛利基など心筋《しんきん》梗塞《こうそく》で倒れたことまである。

自分はまだ大丈夫、と思っていていいのだろうか。

四十二歳。平均寿命の半分を超えた。今回はセーフだったものの、いつ、どんな病気に襲われても不思議と言えない年齢になったのではないか。

体力、そして気力もこれから増すことはないだろう。新しい時代の流れについてゆけなくなり、若者から邪魔にされだすだろう。

さっきの医者の優越感に満ちた態度を思い出す。加納が抱いたのは無力感と嫉妬《しっと》、そして怒りだった。しかし怒ったところで現実がひっくり返るわけではない。

妖精さんと一緒じゃないか。

遠い存在だと思っていた彼らは、数歩先を歩いているだけの同類なのだ。加納の胃に穴を開けかかったのが妖精さんたちの怒りだとすれば、何とも滑稽《こっけい》な話だった。

それでも闘いをやめるわけにいかない。

永和のイメージ低下は、加納がありのままを語れば、個人の失態として収められるだろう。

晴美に知れてしまうのは――しょうがない。その時に対処を考える。許してもらえなかったとしても自業自得だ。最悪の事態も受け入れる覚悟を持とう。

処方された薬をその場で飲んだのが効いたか、痛みだけは和らいだ。状況がはっきりするまでと連絡を控えていた晴美にラインを送った。

〈胃潰瘍だって。今病院で、これから家へ帰る。二、三日休むと思うけど、大したことはないらしい〉

晴美は忙しかったのか、バスに乗ってしばらくしてから返信が来た。

〈ごめん。今見た。大したことないって本当なの？〉

〈もうちょっと進んでたら深刻だったみたいだけどね。薬で治るって〉

〈妖精さんね〉

晴美はすぐ書いてきた。

〈やっぱりとんでもないわね。社会の害悪だわ〉

話題を変えることにする。

〈お迎え、俺がしようか？　できなくはない気がする〉

〈馬鹿言わないで寝てて。私もできるだけ早く帰る。もう仕事、だいたい終わったから〉

晴美は本当にいつもよりかなり早い六時過ぎ、隆太と一緒に戻ってきた。

「パパ、どうしたの」

こんな時間から寝間着でいる父親が珍しい隆太は、好奇心を前に出して尋ねてきた。

胃の説明からしなくてはならない。

「お腹の中に、食べたものを溜《た》めとく袋があるんだ。食べたものをそこで溶かすんだけどさ、ちょっと調子がおかしくなって、袋自体を溶かしそうになっちゃったんだな」

隆太は分かったか分からないかはっきりしない顔で聞いている。

「どうして調子がおかしくなったの？」

「うーん。仕事のし過ぎかな」

「迷惑な人たちがいて、パパのお仕事を大変にしてるのよ」

横から晴美が口を出した。加納は「そうねえ」と曖昧《あいまい》な相槌《あいづち》を打った。

病院で考えたことも、結局晴美に伝え損ねた。

19

その日の研修が終わって日誌を書き終え、営業所を出たとたんに竹内ゆかりから電話がかかってきた。

「明日《あした》、行くわよお」

いつかいつかと首を長くしていたけれど、いざとなると虚を衝《つ》かれて動転する。

「カモさん、ですか」

路上なのを忘れて声が大きくなったのを慌てて抑えた。

「そうよお」

竹内がおかしそうに言う。

「ミキちゃんと一緒に、ほかどこ行くのよお」

それにしても竹内は営業所にいなかったのだが。どこかから見張ってでもいるのだろうか。

また明日は当然、普通の研修があって先生も決まっている。

「話は通してあるからぁ。所長さんにもぉ」

「ありがとうございます」

「どうしましょうかぁ。ミキちゃん車、まだ持ってなあいのよねえ。まあいいわあ、私ので行くからあ」

「恐れ入ります」

翌朝、竹内は本当に、マンションまで迎えに来た。

彼女の車はピンク色だ。いかにもな色だけれど、ほかのレディたちと変わらない軽自動車なのが不思議ではある。

「レディが大きな車乗ってたらおかしいでしょぉ?」

普通のレディなら確かに、と思うところだがユカテリーナがそれでいいのか？　いや、レディらしさを究極まで突き詰めた結果、今の彼女があるのか？

竹内の運転は上手だった。

アクセルの踏み具合、ブレーキをかけるタイミング、ハンドルを切る量、どれも過不足がなくなめらかで、たくさんのレディたちの車に乗せてもらってきたけれども、一番かもと思えるくらいだ。

「昔は自転車だったけどお。わたくしはあ、営業所のエリアに関係なく動くようになっちゃったからあ、みんなが使いだすより早くからあ、車が必要になっちゃったのねえ。それで四十年運転してるわけでえ、県内くらいの道、全部憶《おぼ》えちゃったしい」

だから上手になって当然なのだと説明するのに、池端は「だとしてもすごいです」と、お世辞抜きで応じた。

「こんな言い方失礼でしょうけれど、お歳だけで一律には区切れないものですねえ」

「まあー嬉《うれ》しいわねえ」

「私、実はペーパードライバーなんです。面接ではごまかしましたけど」

思わず正直に言ってしまった。

「あらあ、そうなのお?」

「一人で回らなきゃいけなくなったら、事故起こすんじゃないかって心配です」

「大丈夫よお。慣れよお慣れ。やってるうちになあんでも、何とかなってくるものよお」

研修で営業所からそこそこ離れた場所まで回っていたが、ユカテリーナの車はさらに郊外、田園地帯というほうがよさそうなエリアへ入った。

「どういう方なんですか」

狩りの対象について尋ねる。八十九歳になるおばあちゃんらしい。

情報を持ってきたレディによれば、夫に先立たれて一人暮らし。二年ほど前から認知症が始まり、外出先から帰り道が分からなくなって保護されたこともあった。子供たちは地元を離れている。名古屋の娘が一番近いが、仕事を持っておりあまり来ない。施設に入ったらという勧めは、本人が頑強に拒むそうだ。

よくありそうな、しかし気の毒な話だ。

そんなおばあちゃんからなけなしのお金を搾り取るなんて。就活生もそうだが、狙われるのは弱い立場の人たちだ。改めて怒りがこみあげる。

池端は、よこしまなハンターのほうを狙っている。

ユカテリーナを仕留めることで、これからの被害を未然に防げる。同じような連中への警鐘にもなるだろう。

また、彼らの活動を黙認して潤っている、世間的には立派な組織の実態を明らかにし、まっとうなものに変えてゆければ、意義は大きい。

竹内の血色のいい横顔を見ながら、気持ちが高まった。

カーナビの残り距離があと一キロとなったのは、出発から一時間半ほど過ぎてからだった。

田んぼが広がる中の集落は、どの家も大きさだけなら東京の大豪邸とタメを張れる。

車は、道路から一メートルほどの高さに石垣が築かれた、建物もぱっと見、相当に立派な家の前で止まった。

ただ壁がかなり汚れて、えぐれたような傷も目立つ、樋《とい》が何カ所か落ちかかっている。雨戸は開いているけれど、大半の窓にカーテンがかかったままだ。

知らなければ空き家と思ってしまいそうな、カモがいますよと宣伝しているに等しい佇《たたず》まいだった。リフォーム詐欺にはまだ遭っていないようだが、このままだと時間の問題だろう。

ユカテリーナの情報網に引っかかったのを幸運に変えてあげたい。ここの住人に手を出して伝説の生保レディがキャリアを終えたと広まったら、タチの悪い営業は近づかなくなるだろう。

そのためには――。

スマホに録音用のアプリを入れ、ピンマイクを買った。

どこが一番気づかれにくいか考え、ハンドバッグの持ち手の付け根にマイクをセットし、上からスカーフを結んだ。

その状態で十分な感度があるのを確認した上で、操作がスムーズにできるよう練習を繰り返した。昨晩、おさらいしたのは言うまでもない。

竹内は「ここだわあ」と言いながら、勝手に敷地の中へ車を進めた。駐車スペースが何台分もあるから問題ないだろうが、遠慮のかけらもない。

「土地を担保にしたら、借金も結構できそうねえ」

もちろん、借りさせた金で保険を契約させるのだ。

今のも録音しておけばよかったと思いながら、メールかラインでも確認する態《てい》でスマホを取り出し、アプリを立ち上げる。竹内は車をバックさせていてこちらには注意を払っていない。

「さーあ、行きましょぉおねえ」

エンジンを切った竹内が弾んだ声を出した。

池端はシートベルトを外しハンドバッグを抱えた。スカーフの上からマイクの形をなぞろうとしたら、スカーフがずれて一瞬、そのものが露《あら》わになった。

はっと竹内の様子を窺《うかが》った時、目が合った。

「どうしたのぉ?」

「いや、別に」

「緊張しちゃったのぉ?」

竹内は微笑みかけてきた。だがそれ以上何も言わず車を降りる。池端としては続くほかない。

大丈夫だ。気づかれたわけではなさそうだ。

先に進んだ竹内が玄関へ向かった。ドアも下の端から合板がめくれかかっている。

「インタホン、あるのかしらねえ」

つぶやいてきょろきょろしていたが、急に動きを止めた。

数歩後ろにいた池端に向かって、唇の前に指を立ててみせる。

「話し声があ、するのお」

「え？」

耳を澄ませたが何も聞こえない。

しかし竹内は池端も一緒に押し戻すような身振りで玄関から離れた。そのまま車に乗り込む。

「テレビじゃないですか」

いや、絶対に生の声だったと竹内は断言した。

「もうじきお盆だからあ、子供が来てたのかもしれないわねえ」

「ですね」

うなずいておいたものの、変な気がする。池端たちが来た時、ほかの車はなかった。

「都会に住んでる人はあ、車持ってなかったりするものお」

なるほど説明にはなる。

「残念だったわねえ」

「でもお。お盆が明けたらあ、帰っちゃうと思うからあ。もう一回チャレンジしましょうねえ」

「はい。お願いします」

池端に疑いを持ったならそんなことは言わないだろう。竹内は間違いなく聞いたのだ。後見役がいれば好き放題はもちろんできない。

「お盆明けなんてすぐですよね」

「そうよお。ほんのちょっとお預けになっちゃったけどお。契約が逃げてったわけじゃないからあ」

来た道を逆に走りながら、竹内は「ラララー、ラララララ」と歌いだした。調子が外れていてはじめ分からなかったが、古いミュージカルと誰かに教わった「雨に唄《うた》えば」だった。

外は相変わらずのカンカン照りだったのだが。

とにかく加納英司に報告しなくてはいけない。

昨日、いよいよ明日《あした》ですと伝えてしまったから結果を首を長くして待っているだろう。

竹内は池端を営業所まで送り届けるとどこかへ消えた。その後、通常の研修を受けたが、合間を見てメールを送った。

判明した相手の名前、住所に続けて、玄関前まで来たけれど、家族か誰か来ているようだったので延期になったと説明した。

スカーフがずれたこと、竹内と目が合ったことなど、はじめは書いたが削除した。余計な心配をかけたくない。

20

加納英司は肩透かしを食った気分だった。

永和生命のがんを取り除く大手術だ。池端美紀がほとんど単独でやっているのだが、多少なりと助力をし、何より作戦をただ一人知っている社員として、期待と緊張は大きかった。

正直なところ、がっかりしたと言っていい。

しかしやむを得ない事情によるものだ。違法営業を許してしまったとかでもない。ここは辛抱して次の機会を待つ一手だろう。むしろ、チャンスが残ったことを前向きにとらえよう。

ユカテリーナ自身、いつごろとまで話しているのなら、予定がずれただけと思えばいい。

自分のミッションに向き合うべく頭を切り替えた。

こちらも少しずつ進んではいる。

毛利基の元部下たちは、毛利に忠誠を誓っているわけではなさそうだった。世話を焼いてもらったが、ひどい目にも遭っている。

四半世紀前だって、朝まで飲みに付き合わされるのは苦痛だった。目標の売り上げに届くまで帰ってくるなと会社に入れてもらえなかった。資料の数字を間違えた女性は、裸で皇居を一周してこいと怒鳴られた。

そういう話はしてくれる。だが文字通りの昔話でさすがに処分理由にならない。もっと近い、危ない範疇《はんちゅう》のエピソードになると、みんな「きっとあるんだろうけどねえ」と口を濁す。

やられた奴がいる、と言った者に何人か会ったけれど、被害者本人は出てこない。いや、きっとみんな、証人にされないよう人のことにしているのだろう。

腹も立つ。しかし憎み切れない。直接知っている人間にとって、毛利はそういう存在なのだ。

視点を広くとれば見え方が違う。トータルとして害悪になっている状況を説明する。一度で分かってもらえなくても、繰り返し証言をお願いし続ける。

ＰＩＰの最終期限として設定した八月末が近づきつつあった。

できればそれまでに、獲《と》れる首を獲ってしまう。うまくいかなくても、目標の不達成を理由に強硬姿勢に出る環境を整える。

こちらの強みは、いつでも篠塚明子を懲戒にかけられることだ。数をまとめたほうがと、とりあえずは泳がせてきたが、見せしめとして、あるいは社内世論を動かすためにも動いたほうがいいかもしれない。

考えだした折から、毛利が面会を求めてきたのを、こちらの肚《はら》を読んで焦ったせいではと加納は解釈した。

いいだろう。毅然《きぜん》とした態度を見せて、もっと焦らせてやろう。

盗撮事件の一件から加納も揺れてきた。悲壮になったり、妖精《ようせい》さんたちの心が分からないでもないように思ったり。

それでも戦うと決めたのだ。自分の決意を確かめるためにもいい機会だ。

妖精同盟のメンバーをまとめて相手するのは避けていたが、あえて受けて立った。

加納一人であしらって、室長の室長たるゆえんを思い知らせる。室長といっても、今は部下ゼロなのだけれど。

応接室を押さえ、少し早めに行って窓を背にした一人掛けに陣取った。束になってきたってびくともしないぞと自分に言い聞かせる。

なのに妖精さんたちは約束の時間に遅れた。

じりじりしながら五分ほども待っていると、やっとがちゃりとドアが開き、どたどた四人が入ってきた。

「済まん、溝口さんが出がけにトイレから出てこなくて——」

毛利が言い訳をしたがさすがにバツが悪そうだ。

その溝口も「私たちのうち何人が今月末で退職勧奨を受けるか、計算するための式をトイレで考えていたら時間が経つのに気がつきませんでした。申し訳ない」と一応頭を下げた。

しかし高木誠司が横から口を出す。

「で、結果はどうだったの？　何人やられるの？」

「まだ計算できてません。というより始められていません」

「時間を忘れるくらい考えたんじゃなかったの？」

「計算するための式を考えてたんです」

「よく分かんねえな」

「途中を披露するのは好きじゃないんですが、大まかに言うとですね、計算するためにどういうデータが必要で、それぞれにどういう係数を」

「もういいや。頭が痛くなってきた」

高木は顔をしかめた。

「俺はてっきり、あんた腹を壊したのかって思ってたよ。加納室長が胃潰瘍《いかいよう》になったからって、付き合うこともないだろうにってさ」

これには加納が眉《まゆ》をつり上げる。

「今、そんなこと言わなくても」

自分の立場をわきまえてだろう、一番後ろで控えていた篠塚がたまりかねたように割り込んだ。

まともなところもあるじゃないか、なんて穏やかに構えてはいられない。

「何ですかみなさんは。時間を守れず、いらっしゃったと思ったら本題と関係ない話に脱線して、あげくに人の病気をからかう」

引き金になった盗撮事件の犯人がよくもぬけぬけと。

だいたいなぜ知っているのか。胃潰瘍の件はみっともないから極力隠してきた。人事課員には目撃されてしまったが、あの時奥地はすでに休職していた。

「俺たちも伊達《だて》に長く会社にいるんじゃないよ。分かってきてると思うんだが」

加納の疑問を察したように毛利がつぶやいた。

「とにかく座ってください」

左右の長椅子に二人ずつ分かれた同盟メンバーを加納は見渡した。

「私からお話ししたいことも山ほどありますが、会う場をつくれとおっしゃってこられたのはそちらだ。先にどうぞ」

「じゃあ言わせてもらう」

毛利が改めて切り出した。

「お前さんのやり方はやっぱり間違ってる。奥地さん、頑張ったじゃねえか。一昨日《おととい》様子を見てきたが、ほんとに抜け殻みたいになってたぞ。詳しく話を聞いて気づいたよ。お前さん、もっと早くに突き返せたのに、やり直しの時間がなくなるまで引っ張っただろ」

どきん、とした。

「仮におっしゃる通りだとしても、きちんとチェックしなかった奥地さんの責任です」

「そういうとこが冷てえんだ」

ばっさり切り捨てるような言い方だった。

「明子ちゃんの件だってそうだ。どうしてカラ接待が必要だったか分かってないだろ。理由を説明するって言ったのに聞く耳持たなかったじゃねえか。あれはな、心ある営業社員に渡す金を作るためだったんだ」

「心ある？」

「そうよ。たいがいの営業社員は、売り上げを伸ばすために客から搾れるだけ搾ることしか考えてねえ。けど、中には客のために第一に考えてるのもいるんだ」

　加納ははっとした。

「長い目で見りゃ、客との信頼関係が会社の最大の財産のはずなのに、ぜんぜん報いられねえ。だから現場を預かる立場で、ちょろまかしたものを使うんだ」

　頭の中を、池端が、今は竹内ゆかりの取り巻きになっているという営業社員から聞いたという話が駆け巡った。

「金をしかるべく再分配してるわけだよ。いいことじゃねえだろう。でも、会社がまともな人間をまともに評価しねえから、誰かが無理してでもやらなさゃなんないんだ。それを、支社の成績が悪いって左遷して、あげくには昔の話をほじくって懲戒にかけようとする」

　言葉を失った加納に、毛利はさらに続ける。

「一方でだよ、ユカテリーナみたいなのが跳梁跋扈《ちょうりょうばっこ》してんのに手を出せねえ。それどころか全力で守ってやってるのはどういうこった？　舐《な》めんなよ。さっきも言った通り、俺たちの目や耳は会社中にあるんだぞ」

「その話なら――」

　言いかけてやめた。極秘のプロジェクトだ。下手をすると池端を危険にさらしかねない。

「うちの人事、終わってんな」

吐き捨てた毛利の尻馬《しりうま》に乗るように、高木が言った。

「君には人としての心がないのかっ」

さすがにないだろうと思うが、この男には酒が入っているような雰囲気がいつもまとわりついている。

「営業社員が歩合の高い商品を販売する割合と、お客様センターに寄せられるクレームの件数には明らかな相関関係があります」

溝口が紙の束を差し出す。

「一枚目が年次ごとのグラフ、三枚目に支社ごとの一覧があります。篠塚さんがいらした時代の岡山支社はですね」

「おしまいにしましょう。話がずれるだけです」

遮って加納は続けた。自分の仕事を見失ってはならない。

「奥地さんに対するPIPは適切に実施されました。篠塚さんへの懲戒手続きも順次進めて参ります。ご高説は確かに承りましたが、構造改革推進室長としての見解を変えるつもりはありません」

「けっ。政府答弁みたいなこと言いやがって」

かちんと来た。そうだ、一瞬忘れていたが、妖精さんたちから人間性をあげつらわれる筋合いはない。

「みなさん、聖人君子みたいなことをおっしゃいますが、そんな資格おありなんですか」

「逆ギレってやつか？　おう？」

「胸に手を当ててよくお考えください」

「何言ってんだこいつは」

毛利が同盟メンバーと視線を交わす。高木は肩をすくめるゼスチャーで応じ、残る二人も首を振った。

「おとぼけになるなら申し上げますがね、さっきの胃潰瘍ですよ。何でそんなものになったのか、心当たりがないとは言わせません」

「良心の呵責《かしやく》だろ？」

「みなさんの卑劣な罠《わな》に引っかかったからですよ！　決まってるでしょう」

声を荒らげた。

「色仕掛けでスキャンダル写真を捏造《ねつぞう》するなんて、恥知らずな真似がよくもできたもんだ」

また妖精《ようせい》さんたちが顔を見合わせる。

「知らねえよ、そんなの」

「いい加減にしてください。みなさん以外に誰が私を脅迫するんです」

「見当もつかねえが俺たちじゃない」

「お伝えしときますが、私にだってそれなりの正義感はあるんです。ユカテリーナの件、指をくわえて見ているわけじゃありません。尻尾《しっぽ》をつかむべく手を打ってます」

「おためごかしのポーズじゃねえのかい」

毛利に言われてはもう止まらない。

「本気ですとも。調査のため、向こうに人を送り込みました」

「嘘つけ。絶対にありえねえ。お前は三枝の茶坊主なんだろ？」

「私にも、常務にも失礼ですね」

憤然となって言い返した。

「確かに三枝さんは社長を説得できなかったようだが、次こそはと思っておられる。ただ手遅れになっちゃまずいから私が独断で実行したんです」

毛利はちょっとびっくりしたような顔をしていたが「なるほど」とつぶやいた。

「三枝に知らせてないなら、そこはよかったな」

「なぜ三枝さんをくさしたがるんですか？」

「あのな」

あぐらをかいた鼻のわきをさすりながら毛利が言った。

「三枝のことなら、俺は少なくともお前さんよりよーく知ってんだ」

二人が同期入社だったのを思い出したが、だからよく知っているとはなるまい。今は片や次期社長候補の筆頭、片や妖精さんではないか。

「話し合いはここまでです。最初から実りなんかあるはずもなかったですが」

加納が立ち上がると毛利も続いた。

「絶対に負けねえからな」

「こちらのセリフです。今からでも荷物をまとめておかれるといいですよ。みなさんもユカテリーナも同じです。有害なお年寄りから会社を守るために、私は全力で戦います」

その時、ノックもなく扉が開いた。

部屋にいた全員がそちらに顔を向けた。立っていたのは人事課長の山瀬忠浩だった。

「どうされました」

驚いて加納が尋ねる。同盟メンバーたちには緊張が走った。

「ここにいるのは聞いてたから。急いで知らせなきゃいけないと思ったんだ」

山瀬も顔を強張《こわば》らせている。

加納は妖精さんたちを「じゃあ」とうながした。

「言われなくても出てくよ。三枝の茶坊主同士、どうせろくでもねえ話をすんだろうが」

歩き出した毛利だったが、山瀬に呼び止められて怪訝《けげん》そうに振り返った。

「みなさんにいてもらったほうがよさそうだ」

何の話か見当がつかないのは加納も同じだった。

「とにかく聞いてくれ」

山瀬は、加納が座っていたのと反対側の一人掛けに腰を下ろして、全員がもう一度席に着くのを待った。

21

お盆のあいだ営業所も休みだったが、池端美紀はほとんどマンションに籠《こも》っていた。冷房もなく暑さにぼうっとなりながら、スマホで本を読んだり動画を見たり、うとうとしたりして過ごした。

休み明けのことはあまり考えないようにした。なるようにしかならない。でもやっぱり頭から離れない。

今度こそと思う分、いっそう力が入ってしまうのだろう。

あの家の住人はどうしていたのか。

子供や孫がやって来ても、「あなた誰？」と言うようなこともあるのだろうか。

それでも家族には家族の仕事や生活があり、ずっとついてはいられない。心配しながら、施設入りを拒むおばあちゃんを一人残して帰るほかない。

いや、おばあちゃんが説得され、あの家から出て行った可能性はないか。

池端の目的のためには由々しいことだが、危険にさらされる心配も将来にわたってなくなるわけだ。本当はそちらを願うべきなのに、などとあらぬ方向へ気持ちが乱れる。

何かで発散できればよかったけれど、方法を思いつかない。

加納英司はこれまで、同盟メンバーの元部下たちと接触した結果をぽつぽつ知らせてよこしたりしていたが、このところ滞っている。

もっとも会社が休みでは伝えるほどの進展もなくて当たり前だ。

加納には保育園児の子供がいるらしいから、家族との時間も取らなくてはいけないだろう。羨《うらや》ましく、自分は何をやっているんだろう、馬鹿じゃないかと思ってしまう時がある。

いや、労力は必ず報われる。失敗する要素などない。

そう思ったが、四日ぶりに行った営業所に竹内は現れず、連絡も来なかった。

次の日も、朝、昼に一度営業所へ戻った時、共に期待が裏切られた。

決行はいつなのか。これ以上待たされたら神経がおかしくなるかも。

研修に集中できなくて、先生役に何度も顔をしかめられた。しかし厳しい注意を受けるわけでもない。

取り巻きではない人だったけれど、池端が竹内ゆかりと特別な関係になったのはおそらく営業所中に広まっていて、すでにアンタッチャブルに近いのかもしれなかった。

スマホが鳴ったのは、先生役のお得意様を訪ねて、これはおおむね穏当な名義の書き換え手続きをしていた二時過ぎだった。

画面に竹内ゆかりと表示が出ている。数歩離れ、スマホを手で覆って耳に当てた。

先生役に替わって、と言われた。彼女はお客と話している最中だったけれど「竹内さん」と告げたら弾《はじ》かれたみたいに立ち上がってスマホを受け取った。

はい、はいと何度も頭を下げて話を終え、そそくさ書き換えを済ませる。

「あなたを連れてきてほしいんだって」

「ご免なさい、これからの予定もあったんじゃないですか？　私のために――」

「あなたのためじゃないわ」

追い立てられるようにそこを出た。移動中、気がついて加納にメールを送ったが、

「これから行くことになった」というだけで精一杯だった。

てっきり営業所でピックアップされると思ったら、車が向かったのはこのあいだ市

会議員と会った料亭だった。

「入ってて、だって」

それだけ言われ、玄関の前で一人降ろされた。食事の客が来る時間ではなかったが、音を聞きつけたのか女将《おかみ》が出てきて「いらっしゃいませ。ようこそようこそ」と愛想よく笑いかけた。

顔は分かっているにしても、ずいぶん親し気で辟易《へきえき》する。

案内されたのも、このあいだと同じ部屋だった。女将が引っ込んだ隙に急いで準備をした。

もちろんマイクは持ち歩いている。迷ったが、やはりここがベストと思ってバッグの持ち手の付け根に取り付け、スカーフを結んだ。今から録音を始めておく。バッテリーの残量は十分だ。

ひと息ついて、出された冷たいお茶に手を伸ばしかけたら、竹内が現れた。

「お待たせしちゃってえ、ごめんなさあいねえ」

節回しにいつも以上の艶《つや》があると思った。猟に臨む猟犬の心境で高ぶっているのだろうか。

「いや、私も来たばっかりですから」

本当のことだが、竹内は大げさに「ごめんなさあい」と繰り返した。

「遠いしい、遅くなっちゃうといけないからあ、すぐ出ましょう」

池端としても異存はない。立とうとしたら竹内が笑った。

「そこまで慌てなくてもいいわよお。お茶くらい飲んでってえ」

言いながら自分の茶を飲みほしたので池端も倣って、改めて立ち上がった。

ピンク色の軽自動車は、このあいだと同じルートで目的地へ向かって走る。

今日はもう、夕方に近い時間だが午前中以上の蒸し暑さだ。

と思ったら空がにわかにかきくもり、大粒の雨が落ちてきたかと思うとあっと言う間に土砂降りになった。気温も一気に下がったようで、懸命に冷気を吹き出していたエアコンのレベルを竹内が調整する。

「すごい雨ですねえ」

「すぐやむわよお。ちょうどいいわあ」

「涼しくなりますもんね」

「もちろんそうだしい。雨降って地固まるっていうかあ」

たとえとしてぴったりとは思わなかったが「もうご家族もいなくなってるはずですよね」と応じておく。

施設に出てしまっていたらという例の疑問を口にすると、竹内は破顔した。

「説得されたとしてもお、すぐに行き先が見つかるわけないわよお」

言われればなるほどと思う。

「ですね」

「そうよお。なにもかもうまくいくはずよお」

竹内は、若いころからの自慢話をはじめた。

大手メーカーの新入社員が上司に叱られてしょげかえっていたのを、励まし、食事も作ってやったりして世話した。

「最初はわざと契約獲《と》らなかったのよう。ガツガツするのはとっても大事だけどお、相手に嫌な印象与えたら元も子もないからねえ。もちろん、気にしなくていい人もいるんだけどお」

やがてその人物が出世し、時々の部下を竹内に紹介する。ついには社長になってというういろんな人から耳にしたストーリーだ。

のちに市長になった市役所職員。そこからの紹介で県知事に食い込んだ話。

なかなか会えない厚生部門担当者を捕まえるため会社の前で張り込みをしたこと。

株、そのほかの資産運用を勉強し、客の相談に乗りながら保険の販売につなげていった——。

期待しているような危ない武勇伝はないのだが、次から次へと切れ目なくしゃべる。

抑揚とゆったりしたテンポに、雨の響きが重なるせいか、こんな時にもかかわらず眠気を催してしまった。

もう一つ不思議に思ったのが、車を走らせるスピードだ。妙に遅い。時々後ろの車が追い抜いてゆく。このあいだはほとんど記憶がなかった。今日のほうが、時間的には急いだほうがいいように思うのだが。意図があるのか。

考えようとしたけれど、馬鹿に頭が重い。

竹内がちらっとこちらを見る。

「大丈夫ぅ？　眠くなあい？」

「いえ」

慌てて首を振った。

「そんなこと、ありまひぇん」

口元がもつれてびっくりした。同時に頭の奥が生ぬるい水に浸されてゆく感覚が広がった。欠伸《あくび》がこみあげ、噛《か》み殺そうとしたが完全には無理だった。

「ひ、ひつれいひまひた」

「もう、録音してるのお？」

はっ、とするのもワンテンポ遅れている気がした。

「バッグにマイクつけてるでしょお？　このあいだと同じってえ、ちょっと芸がないんじゃなあい」

やられた。

前回、やはりばれていたのだ。

竹内は何食わぬ顔をしながら、「家族が来ている」と違法営業を中止し、改めて池端が竹内退治のハンターである確実な証拠をつかむ策を巡らせた。

こちらに余裕を与えないよう当日になって呼び出しをかける。料亭の部屋に監視カメラが仕掛けられていたかもしれない。女将もおそらくグルだ。

絵に描いたような返り討ちだ。

「はじめから、変だなとは思っていたのよお」

竹内は得意そうだ。

「おかしなことばっかりだったものお。講習を受けたがらないとかねえ。普通の人間はあ、やっぱり楽してお金だけほしいのお」

言い訳をと思うが、ますます脳が働かなくなっている。

竹内の声も、布団を通しているように遠く、かすれてきた。

「私にい、ぐいぐい近づいて来るしい。でもお、議員さんをたらしこんだところはあ、凄《すご》かったわねえ。感動しちゃったしい、だから騙《だま》されかかったのねえ。あんなこともできるのにい、勿体《もったい》なあい」

奥深いところでは間違いなく怒りが燃えている。けれど霧が立ち込めてぼやけてしまう。霧は濃くなる一方だ。眠い。目を開けていられない。

「でもお、私が泥水飲まされるわけにもお、いかないしねえ」

池端が飲まされたお茶に何が混ぜられていたのだろう。レイプドラッグみたいなものか。何にしても相当な強さだ。

「ミキちゃんに黙ってえ、一人で契約獲ってもよかったんだけどお、それじゃあ面白くないしねーえ。見せしめ？　っていうのにもお、なってもらったほうがいいしい」

信号で停まることがあるはずだ。

最後の気力を絞り、シートベルトのバックルをまさぐったが手に力が入らなかった。

「大丈夫よお。命まで取るつもりはないからあ。そんな怖いことお、わたくしとてもできなあい。もっとも、平気な人もお、いるみたいだけどねえ。ばれないやり方、あるっていうしい。例えばあ――」

その先は聞こえなくなった。

ほどなく車が停まり、ドアが開けられたがもちろん身動きなどできない。

代わりに屈強な腕が伸びてきて、池端を乱暴に抱え上げた。一瞬、雨粒が顔を打つのを感じたのを最後に意識を完全に失った。

22

竹内ゆかりが、「カモ」の家に一人で現れ、玄関前に立った。「雨に唄《うた》えば」を音程がむちゃくちゃな鼻歌で、しかし気持ちよさそうに歌っている。

玄関の柱についていたインタホンを押す。すぐには反応がなく、もう一度押しかけた時、「はい?」ともごもごした声が返ってきた。

「竹内ですう」

こういう相手向けのテクニックだ。元々の知り合いか、友達ででもあるように話しかける。向こうは、自分が忘れているだけではと不安になって家へ上げてしまう。

「たけうち、たけうちさん——ああ」

狙った通りの反応だ。

「久しぶりですねえ。どうしたんですか」

「たまたまあ、通りかかったものですからあ。ちょっとお顔を拝見していこうかなあ、と思いましてえ」

ちょっと待っててくださいよ、といったん接続が切れた。

かなり経ってから扉の向こうでごそごそ音がし、また長い時間をかけて鍵《かぎ》が開けられた。

人影がへっぴり腰気味に立っている。

寝ぐせのままかもしれない。乱れ切った髪がそこそこ長くなければ、男か女かよく分からない風貌《ふうぼう》だ。

八十九というには顔の皺《しわ》が少ない気がするが、このごろだと栄養だけは問題ないからだろう。

緩んだ口元と濁ったガラス玉のような目は間違いなく認知症患者のものだ。

真夏というのに毛布みたいな生地の長いスカートのほか、手近にあったものを着たというだけのような服装からもぷんぷん匂いがした。比喩《ひゆ》だけでなく。

竹内は一瞬顔をしかめた。本当はこういう手合いに近づくのも嫌なのだ。

しかし金がむしれるとなれば探して会いに行くし手だって握る。必要なら抱きしめるだろう。

「ちょうどお話ししたいこともあったんですけどお、聞いてもらえますぅ？　お時間なかったらあ、またにしますけどお」

寂しくて、話し相手がほしいはずのカモは慌てたように「そんなことありません、ありません」と繰り返した。

もごもごしている上、しゃがれた低い声で聴きとりにくい。

玄関も雑多なものであふれ返っていたが、奥はもっとひどかった。

居間、と呼んでいいのかどうか、家の大きさからしてほかに部屋はいくらでもありそうなのに、布団が敷きっぱなしで周りに服や新聞が散らばっている。奥に見える台所は近づきたくもないありさまだ。

まあ、盆に家族が来たなんて嘘なのだから当然だろう。

そこまで先導してきたカモは突っ立ったままだった。

部屋の隅には、布団で真ん中から押しやられた恰好《かっこう》ではあるが、座卓と、カモの定位置なのだろう座椅子がある。

竹内は、座卓と角を挟んで隣り合うあたりを少し片づけて自分のスペースをつくった。

「こちらでお話ししましょうよお」

パンフレットなど要らない。いきなり契約書をバッグから出して座卓に広げた。手間をかけず、さっさと終わらせてここを離れたいのだ。

「おばあちゃんにね、とってもお得になるお話なのお。これひとつでえ、病気とかケガとかあ、万が一の時までえ、全部安心な保険なんですよお」

「ほお」

「月々ちょっとの掛け金でえ、保障がすっごく充実してますからあ」

契約書を広げて、適当なところを指さして見せる。

「へえ」

「本当は手続きが面倒臭いですけどお、お任せいただけたらあ、私が全部やっときますからあ。おばあちゃん、銀行のハンコ持ってるわよねえ？」

「はあ」

「どこにありますう？」

「ええと――確か――」

相手は立ち上がって茶簞笥《ちゃだんす》のほうへよちよち歩き出した。しかし思い出せていないのは明らかだ。

棚をまさぐり、引き出しを片っ端から開けているが案の定見つからない。銀行印がどういうものなのか理解できているのか怪しい。

「よかったら私がお探ししまあすわよお」

返事を待たずに竹内も茶簞笥のそばへ移動した。横から勝手に手を伸ばし、そのうちカモを押しのけて座り込み、徹底的に探した。しかし出てきたのは写真の束や、腕時計、何かの部品、要するにほとんどゴミだった。

竹内一人での捜索に移る。

次に彼女が目をつけたのは、食堂の壁に作り付けになった棚だ。上のほうは扉付きで食器用だが、中ほどからオープンになり、固定電話を中心に書類やトレイ、大小の箱が押し込まれている。

　通帳はそこにあった。当然のように電子通帳には切り替えられていない。銀行印の押された古いものも交じっていた。一致するハンコが見つかれば保険料を引き落とす手続きができるが、通帳とハンコを一緒に仕舞わないというルールだけは墨守されているようだった。

　竹内は玄関へ向かう。盆に来なかった家族も、食べ物などを送っている可能性が高い。宅配便の受け取りに必要なハンコは、玄関に置くのが便利だ。

　果たして靴箱のわきに積まれた中の一番上、煎餅《せんべい》のものらしい箱に、十本以上のハンコが入っていた。一つずつ通帳と見比べてゆく。

　六つ目が当たりだった。

　意気揚々と竹内は元の部屋に戻ってきた。カモは竹内が来ていることすら忘れたように、座椅子にもたれてテレビを見ていた。

「おばあちゃあん。あったわよお」

　カモは虚《うつ》ろな目のままだが、画面に向けた顔を動かさない。カモなりに集中しているようだ。

「じゃあ私い、書いときますねえ」

竹内は書類を作っていった。保険証を通帳のそばで手に入れたから、生年月日なども問題なく埋められた。そのあいだ、また雨に唄えばのメロディーが流れていた。

さてあとは。

ハンコに朱肉をなじませ、書類の書定位置に押し付けようとした時、後ろから腕をつかまれた。

カモがにっこり笑っている。

驚きながらも竹内は笑顔を返し、腕を引いた。しかし相手は指に力を込めて放さない。

「どうしたのぉ。おばあちゃん」

戸惑いながら言った時、カモの目の焦点がすっと定まった。

「現行犯ってやつだよ、ユカテリーナさん」

聞き間違いようもない、明瞭《めいりょう》な口調だった。しかもぐんと低くなった。

「男――」

竹内は絶句した。化粧をしていなければ顔色もかなり変わったに違いない。

「ボケてもいないの？」

もはや間延びしたしゃべり方などしていられないようだ。

「あいにくだが、今のところもの忘れがひどいってほどじゃない。新し過ぎることを憶《おぼ》えるのは苦手だけれどな」

派手なルージュを引いた唇がぱくぱくする。せわしなくまばたきも繰り返しながら、竹内は虚ろな視線をさまよわせた。

「情報が間違ってたの？　いや、裏切られたってことね」

「前からいる取り巻きの方々は忠実だよ。疑っちゃあ可哀想だ」

「あなた、誰？」

ついに金切声が響いた。カモのふりをしていた男は、むしり取ったかつらを帽子のように持ってうやうやしく頭を下げながら答えた。

「本社人事課の奥地って者です。お見知りおきを。そういえば休職中だったが籍はあるよ」

「市場運用課の高木」

新たな声がして竹内ははっと部屋の入口のほうを向いた。

別の男たちが立っている。

「溝口です。商品開発課です」

続けて名乗ったひょろりとしたほうは、手にしたタブレットを高く掲げた。

「竹内さんがこちらにいらっしゃってからの行動、発言はすべて動画に収めさせていただきました」

やった！

スマホに転送されていたその動画を、新幹線の座席で見つめていた加納英司も声に出さずに叫んだ。

ほかの場所だったら声はもちろん、拳《こぶし》を突き上げていたに違いない。

今まで息をするのも忘れたみたいだった加納が、びくりと身体を震わせ、ついで脱力する様子に、隣の乗客ははっきり気味悪がっている。

耳につけたイヤホンから、続く溝口の言葉が流れた。

「顧客への商品説明を怠っただけでなく、許可、了承等一切得ないまま勝手に契約、振替の手続きを進めようとされていたのは明白です。家の中を勝手に引っかき回しまでして」

「ま、普通の人間なら黙ってされるがままにはなってねえよな」

高木が引き継ぐ。

「あんたは、こいつが認知症と思ってたから付け込んだわけだよ」

竹内はハンコを握ったままだったが、ぶるぶる震え出した。

「初めてでないとも九九パーセント以上の確率で言えます」

再び溝口が口を開いた。

「ここ数年のあいだに竹内さんが獲《と》ってこられた契約を分析しました。契約者の年齢や収入から考えて、元のとれる確率が数学的に極めて低いケースが散見されます。そんな契約は滅多に結ばれません。あえて営業社員一人当たりの件数を算出しても、年間〇・一件にもならないのです。比べると竹内さんは、百倍以上です。差が偶然であるとするには——」

「もういいよ、溝口さん」

奥地が遮った。

「要するにユカテリーナはおしまいだってことだ」

うおーと咆哮《ほうこう》を上げて、竹内が庭に面したサッシに突進した。逃げ道があるとしたらそこだけだ。般若《はんにゃ》の形相で、ガラスをそのままぶち破るかという勢いだった。

しかし高木が立ちふさがる。残る二人も追いかけて後ろから服をつかんだ。帽子が汚れた畳に落ちた上を何本もの足が踏みつけた。

「痛《い》てててて」

悲鳴を上げたのは高木だ。伸ばした手に嚙みつかれたのだ。ひるんだ拍子に脛《すね》も蹴《け》られ悶絶《もんぜつ》している。

男三人がかりでさえすんなりいかなかったが、なんとか取り押さえ、探してきたタオルで手足をしばった。大声で喚《わめ》きたてるので、猿ぐつわもかませなければならなかった。

「すげえばあさんだな」

息を荒くした高木がつぶやいたのに、奥地もうなずいた。

「これくらいじゃないと、百億は売り上げられないのかもなあ」

「ともかく暴君の退治はできましたね」

引き取ったのは溝口だ。

「あとは最大の功労者が、ちゃんと回復してくれるといいんですが」

そうだ、こちらが片付くと余計に池端の容態が気になる。

無事な顔が見られるなら何だってする。

とにかく早く岐阜へ。

加納は、時速三百キロ近くで走っている列車のお尻《しり》にさらにムチを入れたい気持ちだった。

23

妖精《ようせい》同盟の面々と話し合い、というより果し合いのような場を持ったあの日。

篠塚明子のカラ接待が、まっとうな営業社員を処遇したいというやむにやまれぬ気持ちからなされたことを知って動揺しつつ、ハニトラまがいを仕掛けられた怒りは収められなかった。

予想通りの喧嘩《けんか》別れで終わろうとしていた時に、人事課長の山瀬忠浩が現れて、想像もしていなかった真実を明かしたのだった。

「その、就活生のふりしてた若い女を差し向けたの、三枝常務なんだよ」

加納英司がひっくり返りそうになったのは言うまでもない。

「信じられませんが」

「だろうな。しかし担いでるわけじゃないんだ」

「だいたい常務が何のために」

山瀬は妖精さんたちへも目を向けながら「加納さんを怒らせて、シニアにいっそう強硬な姿勢を取らせるためだよ」と答えた。

その説明によると、三枝義信はもともと、山瀬を妖精さん対策の指揮官にするつもりだった。

実際、山瀬が担った時期もあるのだが、とりあえず手をつけた、再教育主体の穏健なやり方ではほとんど効果が出なかった。

しかしリストラとなると、やるほうにも覚悟が要る。憎まれるのは避けがたいし、トラブルが発生すれば経歴に傷がつく。

子飼いの山瀬をリスクに曝《さら》したくなかった三枝は、外部からリストラ屋を雇って使い捨てようと方針転換、選ばれたのが加納だった。

加納が感じていた通り、外資での経歴に目をつけたのだけれど、加納も思うほど冷酷非情になってくれない。

ようやく動き出した首切り作戦を後退させないよう、念押しのため仕掛けたのがハニートラップだった。加納が「脅し」に屈せず、戦意だけをたぎらせることまで計算していた。

「俺は厄介ごとを加納さんに押し付けて安全地帯に逃げた上、ハニトラが常務の仕業と知っていたのに今まで黙ってた。恥ずかしい。毛利さんたちにも、まったく申し訳のできない態度だった」

山瀬は深々と頭を下げた。

「謝らなきゃいけないことは他にもある。想像できているかもしれないが、ユカテリーナの件だ」

言われるまで頭は回らなかったけれど、三枝がそういう人物だったら、聞かされていたストーリーも大いに疑わしくなる。

「常務は社長を諫《いさ》めるどころか、後継指名してもらう約束で、ユカテリーナの護衛役を引き受けたんだ。チャンスができたら岐阜を大掃除するつもりなんていうのは、加納さんを言いくるめる方便だ」

「そういうことですか」

ため息が出た。

「俺から加納さんの動きを知らされて泡を食ってたよ。命じられた通りに嘘をついた俺も劣らない悪党だけどな」

うつむいた山瀬だったが、すぐに必死な目を向けた。

「だがこんな話をゆっくりしている余裕もなくなってるんだ。ユカテリーナが気づいた」

「何ですって？」

妖精さんたちもはっとした顔になる。さっき加納が岐阜に人を潜り込ませたと漏らしたのを思い出したのだ。

山瀬が確認するように言った。

「池端君がレディになったんだろう？」

竹内ゆかりは、認知症患者から契約を取る場に連れて行ってほしいと頼んできた新人レディを気に入って、希望をかなえてやることにしたのだが、土壇場でレディが隠しマイクを仕込んでいるのを見破った。

とっさに営業を中止し、身元を社長に調べさせたら、ついこのあいだまで人事課にいた派遣社員と分かった。

「たった今、常務から聞いた。加納さんが家賃を出したこともバレてるよ」

「私はともかく」

加納は舌がもつれそうなほど動揺していた。

「早く池端君を逃がさないと」

「だから急いで知らせに来たんだ。常務の犬だった俺だけれど、派遣だろうが何だろうが、部下だった人間に危害が及びそうと分かって震えがきた。目が覚めた」

スマホを取り出した加納を、しかし山瀬は止めた。

「逃げようとしたら、かえって危ないかもしれない」

「なぜです」

「ヤバい連中が池端君を見張ってる。おかしな素振りをしたら即、実力行使してくるだろう」

「そこまで――」

「常務が社長に頼りにされる理由の一つなんだ。総務の汚れ仕事をやってきたから、裏の世界につながりがある。ハニトラだって、そういう手合いの仕業だと思う」

身震いが出た。

「でも放っておくわけにいきません」

「もちろんだ。とにかくこちらからも誰か行って」

その時、毛利基の野太い声が響いた。

「池端ってのは、ユカテリーナ退治のために会社を辞めたのか」

「結果的にはそう言っていいと思います」

経緯と、岐阜へ赴いてからの働きを加納から説明されるや、毛利は「俺たちにやらせてくれねえか」と言った。

「どうだ、みんな」

同盟のメンバーのほうを向くと、真っ先に篠塚が「お手伝いしたい」と応じた。残る二人もこっくりうなずく。

「冗談ならやめてください」

加納は少しむっとした。

「ヤバい連中を相手にしなきゃいけないって言ってるじゃないですか」

「もの憶《おぼ》えは悪くなってるかもしれねえが、体力的にお前さんたちと大して変わると思えねえ」

「それはそうかもしれませんが」

「加えて俺たちのほうが警戒されにくい。うってつけじゃねえか。だいたい、お前さんたち簡単に動けねえだろ。何日も職場を離れたらすぐ三枝に感づかれちまう。かといって部下を危ない目に遭わせるわけにもいかねえ」

反論できない。

「俺たちなら、ピップエレキバーンに耐えかねて消えたってことにしときゃすむ。いなくなろうが誰も困らねえだろうし」

「しかし、どうしてそんなことをおっしゃってくださるんです？」

山瀬が口を挟んだ。

「有体に申し上げてみなさんは、自分の利益を守るのが一番で他はどうでもいいわけでしょう。ユカテリーナと社長、常務の異常な関係が引き起こした会社の危機といったって、関係ないんじゃないですか」

「そうだ」と加納も突っ込んだ。

「まして私はあなた方の敵じゃないですか。池端君も、ユカテリーナの前は、あなた方の行動を監視したりしてたんですよ」

「知ってるよ、そんなこたあ」

毛利は怒った口調になった。

「確かに俺たちは、働かなくてもこれまで通りの給料を貰《もら》うと言ってきた。けれども会社が嫌いなわけじゃない。愛着と、この手で作り上げてきた自負だってある」

言わずにおれないというふうに高木誠司が続く。

「池端って女の子は、うちの社員でもないのに、永和生命をまっとうな会社に戻そうと身体を張ってくれてるんでしょう。知らんぷりじゃ男がすたるよ」

「女だって黙っていられません」

つぶやいた篠塚は、人一倍、ユカテリーナ的なものに厳しい気持ちを抱いているはずだった。

「せっかくあと一歩まで追いつめてたのに。残念だわ。でも彼女の安全を優先せざるを得ないわね」

「いや、ユカテリーナ退治を諦《あきら》める必要はないかもしれませんよ」

部屋にいた全員の視線が溝口悟に集まった。

「無理ですよ。認知症患者に注意を促すくらいがせいぜいだ」

山瀬の言葉に高木もうなずいている。

「でしょうなあ。まあ、女の子を逃がせられれば、ユカテリーナだってしばらくは自重すると思いますが」

「逆に言うと、今のままだったら、契約も予定通りに獲《と》りにいくんじゃないですか。目の前のごちそうを我慢できるような人じゃなさそうだ」

溝口がみなを見回す。

「あと、マイクの現物まで押さえられたわけじゃありませんよね。向こうとしてはしばらく、池端さんを泳がせるはずです。スパイだというはっきりした証拠を押さえ、捕まえてから、ゆっくり認知症患者を料理する」

「確かにその可能性は高いですが、だから？」

加納の問いに、溝口はとんちんかんとも思えることを言い出した。

「奥地さんって、若いころ演劇をやってたんですよね」

「聞きましたけど」

語られたアイデアに一同呆然《ぼうぜん》とした。

「狙われているのは女性らしいですが」

「問題ないでしょう。女形《おやま》ってものもあるわけだし」

「池端君を救出するほうはどうなります？」

「襲われたところで取り返すやり方を思いつきました。彼女にも、我々にも一番安全なはずです。私の計算による成功率は――」

そちらも聞いてみて、最初の衝撃は溝口への感嘆の念にとって代わられた。

もちろん懸念がゼロではない。しかしためらってはいられない。

奥地に連絡をとろうとしている毛利に、加納は「私からも話をさせてください」と言ったのだった。

これからユカテリーナと一緒に行くことになったという池端のメールを受け取り、現地でその時を待っていた妖精《ようせい》同盟メンバーたちに連絡するとともに、自分も会社を抜け出した。

しかし新幹線に飛び乗る直前、かかってきた篠塚からの電話は予想外の内容を含んでいた。

加納は自分を責めた。

荒っぽい連中を使うと聞いたのだから、薬を盛られるくらいの想定はしておかなければいけなかった。

やはり本人に教えておくべきだったか。怯《おび》えが見えるとかえってユカテリーナの警戒を招きそうな気がして控えたのだが。

ユカテリーナの捕り物が終わり、動画の転送自体おしまいになった真っ黒なスマホを、加納は祈る気持ちで眺めていた。

と、そこに色彩が浮かび上がった。バイブレーションが作動しはじめる。

本当ならデッキに出てからでないといけないのだろうが急ぐ心を抑えられない。

今度は何だと言いたそうな隣の乗客の前をすり抜けつつ回線をつなぐ。

「目を覚ましました」

先ほどとうってかわり、はずんだ篠塚の声が耳に伝わった。

「意識ははっきりしています。お医者さんも大丈夫だと」

デッキにたどり着いて詳細を聞くうち、緊張から解放された加納は床にへたりこんでしまった。

24

針を突き立てられるような頭の痛みで、池端美紀は意識を取り戻した。

そろそろと瞼《まぶた》を持ち上げると、白い天井が見えた。

何があったんだっけ。考えようとしたら痛みが強まった。我慢して記憶をたどる。

はっと思い出した。ユカテリーナに一服盛られた。いよいよ彼女をやっつけられると張り切っていたのに、頭も身体も動かなくなった。

車から引っ張り出された後が分からない。

その時、ユカテリーナの最後の言葉がよみがえってきた。

平気で人殺しをする奴もいる——。

とすれば自分は殺されたのか。今いるのは、死後の世界なのか。これまであまり信じていなかったけれど——。

「あ、目を醒《さ》ましたわ」

声が聞こえた。首を向けようとしたがのろのろとしか動かない。

真上に現れたのは女性の顔だ。続いて男性のそれもいくつか続いた。どこかで見たことがある気がする。同世代の友達とかではない。親くらいの歳の人たちだ。

敵意は向けられていないのが分かった。ユカテリーナの仲間ではない。だったらいよいよこの世のものではなさそうだ。だってあの状況で自分が助かったとは考えにくい。

最後にのぞきこんできた顔にびっくりさせられた。

奥地文則だ！　人事課の妖精さんだ。

それで残りの顔についても記憶がよみがえった。篠塚明子、毛利基、高木誠司、溝口悟。間近で対面こそしていないけれど、顔写真は飽きるほど見たし、行動偵察のため何度も尾行した。

死後の世界にまで出てくるとはよっぽど妖精さんに祟《たた》られているのか。

引導を渡されたのはユカテリーナにだから、年寄りたちに痛い目に遭わされっぱなしの、思えば短かい生涯だった。

妖精さんたちから敵意が感じられないなんておめでたかった。

くたばっちまったよ、近頃の若い者は弱っちいねえ。目の敵にされてたけど、ちょっとは気の毒になってきたから線香の一本でも上げてやるか、てなところではないか。

「化けてでてやるぅ」

うめき声が漏れた。

一瞬の静けさの後、妖精さんたちが笑いを爆発させた。顎《あご》が外れそうなくらい口を開けている奴、文字通り腹を抱えている奴、一応堪《こら》えようとしているようだが声を抑えきれない奴、さまざまだがおかしくてしょうがない様子は共通だ。

「何がおかしいんですかっ」

怒鳴った。同時に涙が出てきた。

「ありゃー、泣いちゃったよ」

「助かったのに怒ったり泣いたりしてちゃおかしいだろ」

助かった？

「どういうことですか。私、死んだんじゃないんですか」

「死んでてどうして俺たちとしゃべってられるんだ」

「みなさんが人間じゃないから」と答えたら、また大笑いする。

医者が呼ばれて池端を診察した。妖精さんたちは結果を聴き、篠塚が「室長に連絡してあげなきゃね」と部屋を出ていった。

差し出された水が奇跡のようにおいしかった、一気に飲み干し、三杯おかわりした。

頭の痛みが少しひいた。

「あのなあ、俺たちが助けたんだからいい加減、感謝のひと言くらいくれてもいいんじゃねえか」

毛利に言われた。

「助けていただいたんですか？」

「説明しなくちゃ分かんねえか。つってもどこから始めたらいいかな。結構入り組んでるからな」

驚くほかない話ばかりだったが、三枝義信に関することは池端にそれ以外と種類の違うショックを与えた。

三枝常務という人をよく知っていたわけではないけれど、信用できると思った。加納もそうだったはずだ。三枝は、長期的な視野で会社の経営を考えて、妖精さんを一掃するためのリーダーシップを取ったのだから。

「あいつは会社のことなんか考えてねえよ。自分だけだ、昔から」

毛利と三枝は同期入社だ。新人研修の合宿で、会社でどんな仕事をしたいか一人ずつ発表することになったが、順番が先になった三枝は、前夜の飲み会で毛利が口にしていた話をそっくりいただいた。指摘したら「僕も考えていたんだ」と、悪びれもせず答えた。

数年後、本社の総務で一緒に働いた時、三枝が備品のボールペンを注文し忘れてあちこちの部署からクレームを受けた。彼は、後輩のせいにして係長と一緒に後輩を叱った。

その手の話は枚挙に暇《いとま》がないくらいだが、極めつけは、三枝が経営企画部の課長だった十年ちょっと前だという。

銀行窓口での保険販売が本格化してしばらく経ったころで、三枝は条件交渉を担当していた。ところが銀行をディスるメールを身内と間違えて当の相手に送ってしまい、交渉は打ち切り寸前までこじれた。

状況を伝え聞いた毛利が、法人営業で親しくなっていたその銀行の幹部に働きかけて、結果的に好条件で提携が実現したのだが、三枝は経緯を表沙汰《おもてざた》にしてくれるなと毛利に泣きついた。

「どうでもよかったから頼まれた通りにしてやった。奴が社長に目をかけられるようになったきっかけだ。見る目がねえっていうか、ろくでもない奴同士くっつくもんだなって思ったよ。しかし後から考えたらまずかった」

「ヤクザみたいなのを雇うなんて、普通の神経じゃありえません」

「池端さん、冗談抜きでどうなってたか分からないわ」

戻ってきた篠塚が言う。

篠塚は毛利と組み、車を使ってユカテリーナを尾行し続けていた。

料亭でユカテリーナが池端と合流した段階では、カモの家に入る時に池端からマイクを取り上げてならず者に引き渡すと予測した。

「途中で脇道に入って車を停めちゃったでしょう。しょうがないから私たち、いったん離れたんだけど、別の車が来たのが見えて大慌てよ」

篠塚たちは、警笛とモデルガンを用意していた。金で雇われた連中はリスクを取りたがらない、警官と見れば、池端を放り出して一目散に逃げるはずと溝口が言ったのだ。

「頭では納得してたけれど、いざとなったら怖かった。でも勇気を振り絞ったの。おもちゃを振り回して、叫びながら走ったわ」

そこに関しては大成功だった。しかし池端が地面に横たわったまま動かない。一服盛られたらしいと分かった時はまたパニックに陥った。

「大変な目に遭わせちゃったけど、とにかく良かった」

「あ」

大事なことを思い出して、池端は上半身を起こしかけた。治りかけていた頭がずきりとした。

「あの家のおばあちゃん、大丈夫だったんですか？」

「前もって避難してもらった。多分このまま家族と暮らすことになるんじゃないかな」

今度は高木が話し始める。

「ユカテリーナは？　逃げた？」

「心配しなくていい」

タブレットで再生された動画に見入る池端に、「AV機器なら扱い慣れてるから。音だけじゃなく映像もあったほうがいいだろ？」などと言う。

「本物の警察に通報して、ユカテリーナを引き渡したよ。もうすぐ逮捕されるさ。まずは池端さんにやったことのほうでだろうけど、いずれ、違法な営業も罪に問われると思うよ」

ほっとしたのはもちろんだが、奥地の名演技にも目を見張らずにいられなかった。

「小道具が全部、おばあちゃん用だったから、そこがちょっと大変だったな。おばあちゃんの弟から、保険証やら通帳やらいろいろ借りてさ」

奥地が照れの混じった表情でつぶやいた。

薬からすっかり醒《さ》めていたけれど、あまりにたくさんの思いがけない話のせいで、池端はまたぼうっとしてしまった。

「ちょっとは見直してもらえたかな」

「失礼な言い方になってしまいますけど——驚いています」

質問もせずにいられなかった。

「それにしても奥地さんどうして。よりによって私のために」

「加納さんにも同じことを訊《き》かれたな」

奥地は鼻の下を撫《な》でた。

「義憤に駆られたのは確かだ。ユカテリーナと一緒にされてたまるかとも思った。しかし、みなさんが私たちに腹を立てるわけがよく分かったせいでもあるかな」

その口調には、照れに神妙さが混じっていた。

「今回、ＩＴスキルってやつと本気で取り組んでみて、使いこなせたらすごく効率的だってのが初めて実感できた。今の世の中、なしじゃどうにもならん。なのに拒んでるのは頑固な怠け者に違いない」

「本気になったら、案外できるのも分かったんじゃないですか」と溝口。

「そうなんだよ。できなさと向き合うのが怖くて、本気になることから逃げてたんだな」

「俺もそうかも知れねえ」

毛利がつぶやいた。

「完璧《かんぺき》には難しいが、まったくできないでもないんだ。なのに頑張ろうとしないんじゃ愛想つかされるわな」

高木、篠塚もうなずいたところで、ドアをノックする音がした。

「加納か？　早かったな」

しかし顔をのぞかせたのは女性だった。

「先生！」

安岡玲子は池端の張りのある声を耳にし、血色も悪くないと見て取って安心したようだったが、続いて部屋の中に視線を走らせたところで驚きの表情を浮かべた。

「篠塚支社長じゃないですか」

「お久しぶりねえ」

篠塚は安岡に近づいて「今度のことではずいぶんお世話になったそうね」と言った。

「お世話だなんて」

「いいえ。あなたがいなかったらこの支社は、いいえ、永和生命はずっと同じことを繰り返してたわ。ありがとう」

「私はただ、篠塚支社長がおっしゃってたことを思い出して――それにしてもどうしてここに？」

安岡に負けずきょとんとするばかりだった池端も、事情を教えられて縁の不思議さに思いを致さざるを得なかった。

確かに安岡から岐阜に来る前の話を聞いた時、篠塚がカラ接待をしていた件をちらっと連想したものの、どちらかといえば、そんな立派な動機でやる人もいるのか、篠塚とはずいぶんな違いだみたいな感想を持ってしまった。

「済みませんでした」

いたたまれない気持ちで頭を下げた池端に、篠塚は「お互いさまだわ」と笑った。

それから三十分後、再び病室のドアが、今度は荒々しく開けられた。

加納は息を切らしながら飛び込んできてベッドに駆け寄った。

「やっぱり僕は、管理職として失格だ——」

「何ともなかったんですから」といってもうなだれたままで、目まで赤くしている。

「運が良かっただけだ」

「自分が決めてやったことです。加納さんに責任はありません。それより」

確信していたが、一応加納の口から聞きたかった。

「妖精《ようせい》さん絶滅作戦は中止ですよね？」

「ああ、もちろん」

「私に何かしてくださるなら、今、みなさんの前で約束してください」

加納はゆっくり立ち上がった。妖精さんたち一人一人とうなずき合う。

「お聞きになった通りです。これからは、山瀬人事課長と一緒に、妖精さんとの共存作戦を新たに立案いたします」

そして、改めて毛利と向き合い「特に折り入ってお願いがあります」と言った。

「な、何だよ」

「以上を踏まえまして、バスケットボール同好会への入会許可、どうぞよろしくお願いいたします」

25

あと少し休息が必要な池端美紀を残して、加納英司と妖精同盟の面々は病院を辞した。安岡玲子も同じタイミングで帰っていった。

加納たちが向かったのは駅に近いホテルだ。

毛利基と篠塚明子は岐阜に入ってからそこにおり、ユカテリーナを待ち伏せるために例の家で寝泊まりしていた三人と加納も部屋を取った。

病院のすぐそばというわけでもないが、さほど遠くもない。夜になって暑さも少し落ち着いていた。話したいことがなお多いので、ぶらぶら歩くことにした。

病院の周りでは民家の明かりもかなり消えてしまったが、ホテルがある方角は空がまだぼんやり白っぽい。

「答えは出ないままですか」

加納が溝口悟に尋ねた。

溝口は岐阜に向かう前、四年前に妻をがんで亡くした後、仕事にどんなスタンスで向き合うべきか分からなくなったと語ったのだった。

アクチュアリーとしての彼には、人の死も保険料を計算するための一要素でしかなかった。

ところが、それが個人的な意味を持った時、アクチュアリーであり続けることが妻への冒瀆《ぼうとく》のような気がして耐え難くなった。

一方で、妻を自分が設計した保険に入れていたから、命こそ救えなかったが、大金が必要な先端医療まで、やり尽くしたと納得できるだけの治療を受けさせられたのも動かしがたい事実だった。

会社を辞めようと考えながら、やはり保険は必要だと感じる。混乱した溝口はモラトリアムを選んだ。選んだというよりほかにどうにもできなかった。

「十分、会社に貢献してきた自信はありましたから。しばらく働かなくてもひけ目を感じる必要はない。計算上も、はっきりしていました」

ほかの同盟メンバーも、数字として把握したわけでなくとも、同じ感覚だと言った。

彼らが若いころ、時短とか働き方改革とかの考え方すらなく、サービス残業などは当たり前だった。過労死寸前まで仕事をした。今だったらブラック企業扱いされただろう。

かつ給料は安かった。年齢が上がれば給料が上がり、コキ使われもしなくなる。社内で重んじられ、いろいろな決定に参画できる。その時を楽しみに頑張った。なのに時代が変わってしまった。給料は上がるどころか、役職定年なるものができて途中で大幅に減らされるようになった。

そこにもってきてのゴミ扱い。威張っていられるはずが、若者の顔色を窺《うかが》わなければならない。

あんまりだ。やってられない。妖精さんと言われようが、自分たちにはもう働く義理などない。

「反省することはもちろんあるがな、会社の都合いいようにされるだけじゃたまらねえ。そう思う根拠もあるはずだ」

毛利が言ったのと同じようなことを、加納は以前、妻の晴美からも聞いていた。

加納の反論は次のようなものだった。

「下の世代は下の世代で苦労してる。自分たちだけが被害者みたいな考え方は受け入れられないよ」

「気持ちって、世の中の仕組みよりずっと変わりにくいんだと思うわ。そのずれで争いが起きちゃうんじゃないかしら」

その晴美ですら、加納が胃潰瘍《いかいよう》になった時には妖精さんたちを悪しざまに罵《ののし》った。

感情がからむともめごとはますますこじれてゆく。

「厄介なものですよね」

「悪用する奴がいるからますますな」

吐き捨てて毛利はつぶやく。

「三枝の野郎、どうすんだろ」

「役員のことは人事の管轄外ですが、警察沙汰《ざた》にまでなればさすがに自浄作用が働くでしょう。社長ともどもおしまいですよ」

「今頃震えてやがるのかな」

ホテルの入口が見えてきてほどなくだった。

後ろから音もなく近づいてきた人影が、加納の手提《てさ》げ鞄《かばん》をひったくった。あっと言う間もなかった。

「おい！　待て！」

やっと声が出たけれど向こうが従うわけもない。

鞄には溝口から預かったタブレットが入っている。ユカテリーナが違法営業をしていた証拠の動画データを収めたやつだ。

同盟メンバーもめいめい荷物を持っていたが、向こうは加納の鞄に的を絞った。その読みは当たっていた。

コピーを取って、分けて運ぶべきだった——。

歯嚙《はが》みしながら追いかけた。幸い足は加納のほうが速くすぐに追いついたが、捕まえたと思った瞬間、そいつは鞄を横へ投げた。

投げた先には仲間がいた。慌ててそちらへ走る。すると鞄がまた別の方向へ投げられた。

相手は三人いて、鞄をパスしながら加納が疲れるのを待っている。

後ろを見た。妖精さんたちも追いかけてくるがまだはるか遠くだ。すでに足が止まりかけているようでもある。

加納も息が上がってきた。取りに行くのをやめたらすぐに逃げられてしまうだろう。しかしもう限界だ。

しゃがみ込みそうになった加納の視界に、丸っこい身体が砲弾のように飛び込んできた。

妖精さんの人数を一人間違えていた。毛利は見事なインターセプトを決めて、鞄をがっちりつかんだ。

とはいえ向こうの三人がすぐさま殺到する。囲まれたらまた奪われてしまう。助けに行こうとした加納に毛利が叫んだ。

「こっちじゃねえ！」

「え？」

「ホテルのほうへ」

「なんで？」

「走れえええええ」

わけの分からないまま、声に押されて言われる通りにした。

「いくぞお」

振り返ると、ずいぶん小さくなった毛利の姿が、ぐんと後ろに反り返った。三枝に雇われた連中が飛び掛かる寸前、バネを目いっぱい使って腕を振る。

鞄が弦から放たれた矢のように空へ舞い上がった。

何十秒もかかったように感じたが本当はほんの一瞬だったのだろう。

放物線が地面とぶつかる点に、加納はなんとか一足早く到着し、鞄をキャッチした。

そこはほとんどホテルの真ん前だった。そのまま建物に駆け込んだ。

ホテルスタッフを引き連れて戻ってくると、妖精《ようせい》さんたちが奮闘中だった。

奥地と溝口で一人、篠塚と高木で一人、手や足にすがりついて逃さない。毛利は一対一で暴れる相手を羽交い絞めにしている。

取り押さえてみれば三人ともまだ若かった。高校生みたいなのも交じっている。

汚い言葉を吐きちらしているけれど、不安や気の弱さがふとした拍子に表れる。巻き込んだ年長者の罪深さが苦々しかった。

　今日はたびたびの出動となったパトカーのサイレン音が響いてきた。

「俺の心臓もなんとか保《も》ったよ」

「同好会、入会テスト合格と思っていいですか？」

　肩を叩《たた》かれた加納に、溝口が声をかけてきた。顔に泥がつき、半袖《はんそで》の肘《ひじ》もすりむけている。

「さっきの返事がまだでした」

「はい？」

「答えは出ないかと尋ねられたんですよ、加納さんに」

　そうだった。途中から話題が転々としていって、質問したことを忘れていた。

「出てないです。ずっと出ないかもしれない」

　溝口は少し悔しそうだった。

「しかし、だからといって何もしないのはおしまいにしようと思います。考えている途中経過を、人に伝えることにも意味があるかもしれない」

26

加納英司は、例のハニトラの一件を妻の晴美に告白した。しばらく不機嫌だった晴美だが、欲しがっていたスカーフをプレゼントしたのが功を奏したか、「次はないわよ」と言いながら許してくれた。

穏やかに済まなかったのは、ユカテリーナ事件のほうだった。

竹内ゆかりが逮捕された後、想像を大きく超える事実が警察の調べで明るみに出た。彼女は、認知症患者に違法な営業をしかけて契約を取っていただけでなかったのだ。

たいていの生命保険会社は貯蓄型保険の契約者に対して、解約返戻金の範囲内で無担保で融資する制度を設けている。永和もそうなのだが、これが悪用された。

貯蓄型は売った営業社員の評価とあまりつながらない。なのに竹内は、認知症患者に積極的に売っていた。

売った後で、制度を使って金を借りさせ、一部、場合によってはすべてを着服する。銀行印を勝手に使うことなど朝飯前だから造作もない。

被害者の家族は、保険の契約自体気づいていないケースが多く、融資にいたっては、説明されても状況をのみ込むのに時間がかかるありさまだった。

歩合を稼ぐなど、比べればまったく可愛らしい。何百万、場合によっては何千万の金をそっくり巻き上げる、荒っぽいとさえ言える犯罪だ。

被害金額は二億近かった。日替わりの帽子を揃えるのにどれほど必死になっていたかの表れだろう。

社長が、何としても隠し通したかったわけも理解できるというものだ。だが竹内は、自分が逃げ切れないと分かるといともあっさり、社長、三枝義信が黙認していたことを供述した。

永和生命の最高幹部二人は、池端美紀を拉致《らち》しようとした共犯として、半グレたちとともに逮捕された。護送される姿はテレビやネットで全国民の目にさらされた。

会社の受けた痛手は言うまでもない。解約が相次ぎ、外資に買収されるとの噂が流れるくらいだった。

しかし、事件を明るみに出したのも永和の社員だったことは不幸中の幸いだった。企業イメージの凋落《ちょうらく》ははなはだしかったが、破滅的ではなかった。隠し通そうとしてバレた場合どうなったか、考えるのも恐ろしい。

新社長は当然ながら、前任者とは距離を置いていた執行役員から選ばれ、事件を生んだ組織の体質にメスが入った。

目玉は、生保レディの報酬システム見直しだった。

コンプライアンス研修なども もちろん手厚く行われたけれど、道徳や精神論には限界がある。

誰だってたくさん金がほしい。売り上げが給料に直結するなら、どんな手を使っても売り上げを多くしようとする者が出てくるのは防ぎきれない。

短期的な売り上げではなく、お客のためを考えた営業活動を評価する。お客の経済、家庭状況をきちんと把握し、最適な商品を提案する、場合によっては何も売らない判断をするレディが報われる。

池端の協力者になってくれた安岡玲子が理想としていたことだ。篠塚明子が目指して、十分には果たせなかったことでもある。

そしてこの見直しは結果的に、ネットで保険に入るのが一般化しつつある時代に、人間による営業を続ける意義を追求する試みになった。

もう一つ、ユカテリーナ事件が変えたのは、思いがけない力を見せた妖精さんたちに対する社内の見方だ。

毛利基以下、同盟のメンバーは自前のホームページで、ユカテリーナ退治に協力したいきさつや心情を明らかにした。加納や池端に語ったことを改めて書いたわけだが、それが他の妖精さんにも、妖精さんを敵視してきた層にも響いたようだった。

前者が新しい流れについてゆく努力をしはじめ、後者は相手の気持ちを汲《く》もうとする心構えを身につけていった。

構造改革推進室長のまま引き続いて妖精さん問題を担当していた加納は、ＰＩＰを中止しただけでなく、本当の構造改革というべき施策を上層部に諮った。役員会で激論になったが、最終的に採用された。

役職定年が廃止されたことで、能力と意欲がある妖精さんたちの目標ができた。彼らはばりばり働き始めた。

妖精さんたちを役職につけることは、レディの報酬システム見直しとも相性が良かった。

客のためになる営業活動を評価すると言っても簡単ではない。数字で比較すれば一目瞭然《いちもくりょうぜん》な売り上げと違い、評価する側に高いスキルが必要だし、手間もかかる。

妖精さんには何といっても長い経験がある。支社長を経験している者も多く、反省を踏まえられるのは強みだ。

レディの評価業務に特化した、副支社長などの形で地方に赴任するケースが生まれた。本社でも、評価マニュアル作りなどに妖精さんの力が発揮された。

それ以外の仕事で活躍する妖精さん、いや、元妖精さんも出てきたが、一方で加納は、希望退職の募集も、丁寧なキャリアコンサルティングとセットにした上で引き続き進めた。

みんな同じであろうとすることが軋轢《あつれき》や無理を生む。個人の事情に合わせて、自由に生き方を選べばよい。見えや思い込みを排すれば、うまく回るやりかたが必ず見つかる。

同盟のメンバーは、さすがというべきか鮮やかに実践したように思える。

高木誠司は永和を去った。

彼には長男と次男があり、いずれも有名企業に就職して家庭を構えている。合わせて三人の孫ともっと触れ合いたい。それが一番の望みだと気づいて選んだのが、出張しての子守りだった。

嫁たちも今時らしく働いているから加納のところと状況は同じだ。保育園への送り迎えほか、やってほしいことはたくさんある。

もっともはじめは「お義父《とう》さんだけじゃ不安」という反応だった。高木の妻は友達とのサークル活動などで忙しく、そうそうは付き合ってくれない。

高木は保育士試験を受けると言い出して周囲を驚かせた。ただいま猛勉強中らしい。模試では合格間違いなしの得点を叩き出し、嫁たちも信頼しないわけにいかなくなった。

「仕事と一緒だよ。相手が大人か子供かだけで」

そんなことを言っていた。音楽が出来るのも保育士として有利だそうで、ゆくゆくは保育園へ再就職することまで検討している。

もともと会社にしがみついたのは、バンド活動をはじめ遊ぶ金を稼ぎたかったからだが、孫の世話代として子供たちから小遣いを受け取って、十分まかなえている。再就職なら、もっと安定するだろう。

もう一人辞めたのが篠塚明子だ。カラ接待のケジメをつける意味もあったと思う。

こちらは介護に専念することになった。ただ自宅ではなく、退職金で買った物件でグループホームを運営し、自分の親も入れる形にした。ヘルパーを雇い、管理するのに支社長の経験が生きているようだ。

溝口は会社に籍を残したが、商品開発の仕事はできていない。答えを探す旅がまだ続いている。

しかしアクチュアリーを目指す若手の相談相手という役割が新たに生まれた。資格試験として最も難しい一つと言われるくらいだから、受験対策はもちろんだけれど、溝口の悩みをありのまま伝えることが、いろいろ考えさせられるきっかけになると評判だ。

篠塚にも、グループホームの利用料金設定などアドバイスしているらしい。お返しなのか、篠塚が料理を教えたりすることがあるそうだ。

亡くなった妻への思いは思いとして、独身者同士、ひょっとするとひょっとしないでもないと他の同盟メンバーは勝手な憶測を膨らませている。

ついこの間内示が出た四月の人事で、加納は人事課長に、奥地文則が加納の後任に決まった。

「私は妖精《ようせい》さんの行動原理を知り尽くしていますからね。私以上の適任はいませんよ」

豪語する奥地に加納も異を唱えるつもりはない。今の奥地になら、安心して後を託し、加納は念願だった時短や女性登用の問題に取り組める。

山瀬忠浩は人事部長に昇格する。そして人事部担当の取締役としてすでに仕事を始めているのが、毛利だった。


今日は、次期人事セクションの初ミーティングだ。

正社員として改めて永和生命に採用され、毛利付きの秘書になった池端美紀は、昼休みに秘書仲間とランチに出た帰り、花屋の前で足を止めた。

小さな鉢植えが飾られていた。梅をひと回り大きくしたような花がたくさんついている。一本の木に紅白入り交じるのも面白いし、チーム毛利へのプレゼントにぴったりな気がする。

ただ名前が――。

〈木瓜《ぼけ》〉

洒落《しゃれ》が分からない毛利ではないけれど、さすがにキッ過ぎるかもしれない。

一緒にいた仲間を先にやって少し考えた。

名前の書かれた札を手に取り、何気なく裏返す。花言葉が印刷されていた。

思わず顔がほころんだ。何という偶然だろう。いや必然か。

池端は鉢植えを手にしてレジへ向かった。

午後、定刻通りに加納が山瀬、奥地と連れ立って現れ、元は常務室だった部屋へ入っていった。

頃合いを見計らって、池端もドアをノックする。

中では毛利が、加納たちを前に愚痴っていた。

「忙しくてたまんねえよ。同好会の練習を見に行くのもままならねえ。何でこんなことになっちまったかな」

「私がその分、頑張りますから」

冗談を飛ばした加納を睨《にら》みつける。

「馬鹿野郎、お前さんが頑張るのは仕事だ。仕事を山のように押し付けて、ボール触ってる暇なんかないようにしてやるから覚悟しとけ」

「毛利さん、そんなこと言っちゃダメですよ。昔と違うんですよ」

池端は言いながら応接セットに近づいて鉢植えを差し出した。

「私から、チーム発足のお祝いです」

ほう、とつぶやいてしばらく眺めていた毛利だが、「なんて言うんだこれ」と質問し、答えを聞くと案の定口を尖《とが》らせた。

「気に入らねえ名前だな」

山瀬が慌て気味にとりなす。

「いいじゃないですか。歳をとっても、病気になっても安心して暮らせるように、保険で守るのが私たちの仕事なんですから」

加納も一生懸命うなずいている横で、奥地がにやにやした。

「本当にこの場にぴったりですよ」

「やだ、奥地さん、花言葉ご存じなんですね。物知りでらっしゃる」

びっくりして池端が言ったのに、まんざらでもなさそうに答える。

「雑学には強いつもりだよ」

「何なんだ一体」

いら立ちを露《あら》わにしだした毛利に、池端は隠して持ってきた例の札を見せた。加納と山瀬ものぞきこむ。

〈妖精の輝き〉

「ふん」

毛利が鼻を鳴らす。しかし次の瞬間、その毛利を含めた全員、弾けるような笑顔になった。

本書は書き下ろしです。

役職定年《やくしょくていねん》

荒木《あらき》 源《げん》

令和5年 9月25日　初版発行

発行者●山下直久

発行●株式会社KADOKAWA
〒102-8177　東京都千代田区富士見2-13-3
電話　0570-002-301（ナビダイヤル）

角川文庫 23807

印刷所●株式会社暁印刷
製本所●本間製本株式会社

表紙画●和田三造

●お問い合わせ
https://www.kadokawa.co.jp/（「お問い合わせ」へお進みください）
※内容によっては、お答えできない場合があります。
※サポートは日本国内のみとさせていただきます。
※Japanese text only

ISBN 978-4-04-113570-9　C0193

◇◇◇

角川文庫発刊に際して

角 川 源 義

第二次世界大戦の敗北は、軍事力の敗北であった以上に、私たちの若い文化力の敗退であった。私たちの文化が戦争に対して如何に無力であり、単なるあだ花に過ぎなかったかを、私たちは身を以て体験し痛感した。西洋近代文化の摂取にとって、明治以後八十年の歳月は決して短かすぎたとは言えない。にもかかわらず、近代文化の伝統を確立し、自由な批判と柔軟な良識に富む文化層として自らを形成することに私たちは失敗して来た。そしてこれは、各層への文化の普及滲透を任務とする出版人の責任でもあった。

一九四五年以来、私たちは再び振出しに戻り、第一歩から踏み出すことを余儀なくされた。これは大きな不幸ではあるが、反面、これまでの混沌・未熟・歪曲の中にあった我が国の文化に秩序と確たる基礎を齎らすためには絶好の機会でもある。角川書店は、このような祖国の文化的危機にあたり、微力をも顧みず再建の礎石たるべき抱負と決意とをもって出発したが、ここに創立以来の念願を果すべく角川文庫を発刊する。これまで刊行されたあらゆる全集叢書文庫類の長所と短所とを検討し、古今東西の不朽の典籍を、良心的編集のもとに、廉価に、そして書架にふさわしい美本として、多くのひとびとに提供しようとする。しかし私たちは徒らに百科全書的な知識のジレッタントを作ることを目的とせず、あくまで祖国の文化に秩序と再建への道を示し、この文庫を角川書店の栄ある事業として、今後永久に継続発展せしめ、学芸と教養との殿堂として大成せんことを期したい。多くの読書子の愛情ある忠言と支持とによって、この希望と抱負とを完遂せしめられんことを願う。

一九四九年五月三日

角川文庫ベストセラー

早期退職　荒木源

辻本壮平、52歳。菓子メーカー営業課長。妻子あり、住宅ローンはほぼ完済ずみ。ある日突然、早期退職募集が開始される。辞めるべきか、会社にとどまるか、どちらが得かで悩む辻本課長の選択は――。

残業禁止　荒木源

成瀬和正、46歳。ゼネコンの現場事務所長。ホテル建設現場を取り仕切る成瀬の元に、残業時間上限規制の指示が舞い込む。綱渡りのスケジュール、急な仕様変更……残業せずに、ホテルは建つのか？

金融腐蝕列島（上）（下）　高杉良

大手都銀・協立銀行の竹中治夫は、本店総務部へ異動になった。総会屋対策の担当だった。組織の論理の前に、心ならずも不正融資に手を貸す竹中。相次ぐ金融不祥事に、銀行の暗部にメスを入れた長編経済小説。

勇気凛々　高杉良

放送局の型破り営業マン、武田光司は、サラリーマン生活にあきたらず、会社を興す。信用を得た大手スーパー・イトーヨーカ堂の成長と共に、見事にベンチャー企業を育て上げた男のロマンを描く経済小説。

呪縛（上）（下）　金融腐蝕列島Ⅱ　高杉良

金融不祥事が明るみに出た大手都銀。強制捜査、逮捕への不安、上層部の葛藤が渦巻く。自らの誇りを賭け、銀行の健全化と再生のために、ミドルたちは組織の呪縛にどう立ち向かうのか。衝撃の経済小説。